ハーレクイン文庫

禁じられた言葉

キム・ローレンス

柿原日出子 訳

JN052607

HARLEQUIN
BUNKO

SECRET BABY, CONVENIENT WIFE

by Kim Lawrence

This edition is published by arrangement with Harlequin Enterprises ULC.

Published by Harlequin Japan, a Division of K.K. HarperCollins Japan, 2023

禁じられた言葉

◆主要登場人物

デヴラ・ブルーニ……元看護師。
スー……デヴラの親友。
ジャンフランコ・ブルーニ……投資家。
サラ……ジャンフランコの前妻。故人。
アルベルト……ジャンフランコとサラの息子。
カルラ……ジャンフランコの遠縁の女性。
アンジェロ・マルティノス……ジャンフランコの親友。
ケイト……アンジェロの妻。

1

客人を乗せたヘリコプターが飛び立つと、猛烈な風にあおられ、デヴラのスカートがめくれあがった。必死でスカートを押さえて腿を隠そうとする彼女を見て、夫のジャンフランコ・ブルーニが目を輝かせながらかすれた笑い声をあげた。

デヴラは夫をわざとらしくにらみつけ、からかうようなまなざしから腿を隠した。夫の目に欲望の光を認め、乱れた赤毛を直そうとした手がかすかに震える。豊かに広がる巻き毛は思いどおりにおさまったためしがなかった。

夫のほうはくしゃくしゃの黒髪を整えようともしない。それでも、いつもどおり魅力的だった。

イタリア人特有の精悍《せいかん》な顔と百九十五センチの長身、それに筋肉質の引き締まった体を持つジャンフランコ・ブルーニは、ただそこにいるだけで、見る者を引きつけずにはおかない。

たちまち興奮がデヴラの体を駆け抜け、下腹部が熱くなった。こみあげる感情に喉がつまりそうになる。その感情の正体を、彼女は知っていた。

ジャンフランコは愛という言葉を一度も口にしていない。結婚の誓いに愛情は含まれないと明言したわけではないが、プロポーズの際、彼ははっきりと言った。愛情など求めていない、と。

そう、たしかにデヴラは彼にプロポーズをされた。なんとも突飛な出来事だったが。

「そのなぞめいた微笑は何を物語っているのかな、ぼくのいとしい人《カーラ・ミーア》」ジャンフランコが楽しげな笑みを浮かべ、黒い眉を上げてデヴラを見下ろした。そして、長い指で妻の唇をなぞった。

デヴラは身を震わせ、花が太陽を求めるように顔を上げた。紅潮した頬を夫の手にゆだね、彼の見事な頬骨やベルベットのような黒い瞳、セクシーな唇を見つめる。「ときどき、自分の頬をつねりたくなるの。何もかもが現実離れしている感じがして」

ジャンフランコは眉を寄せた。「そして、その染み一つない完璧《かんぺき》な肌にあざをつくるのか?」彼は指を白い首筋へと滑らせ、脈を打つ喉もとで止めた。

デヴラは思わず喉をごくりと鳴らした。夫の熱い視線に下腹部が敏感に反応し、心臓が早鐘を打つ。

「そんなふうに見つめられたら、どぎまぎしちゃうわ。お客さまだってまだいらっしゃるのに」

「カルラか？」ジャンフランコは遠縁の女性の名を口にしつつ、うとましげに肩をすくめた。「それにしても、どうしてきみが彼女を招待したのかわからないな。アンジェロとケイトの話を聞くための週末だったのに」

暗にとがめられ、デヴラは心外そうに緑色の目を見開いた。「わたしが？」カルラに招待状を出したのは夫のほうだ。しかも、それをわたしに伝えるのを忘れていたというのに。世界一周の豪華客船の旅もかくやと思うほどの大荷物とともに、非の打ちどころのない装いでカルラが現れたとき、デヴラは必死に頭を働かせ、あらかじめ聞いていたふりをした。

夫はまったくあてにならなかった。プールから上がったとき初めて、サングラス越しに彼を見つめる年上の女性に気づいたくらいだ。

〝ここで何をしているんだ、カルラ？〟

ジャンフランコはイタリア語で尋ねた。その口調には温かみも歓迎の意もこもっていなかった。

デヴラは早口のイタリア語でも大まかな内容を把握できるまでになっていた。発音には自信がないけれど、夫はとてもセクシーだと言ってくれる。

その褒め言葉を真に受けはしないものの、あらゆる年代の女性の胸を焦がす男性にセクシーだと言われて、悪い気はしなかった。

「きみたちの仲がいいのは知っているが、ときどきは妻を独占したいものだな」

仲がいいですって？

デヴラは後ろめたさを覚えた。もちろん、カルラは夫の親戚《しんせき》なのだから、よき友人と思わなくてはならない。初めてここに来たときには、彼女の世話になった。ジャンフランコと体を寄せ合って踊っていた若いブロンド美人について教えてくれたのもカルラだった。ほかの人たちは無理やり話題を変えるか、無視するようにと言うだけだった。

そのブロンド美人は夫のかつての恋人で、互いにとって都合のいいときだけつき合っていたという。

〝習慣みたいなものね〟カルラはそっけなく言った。

ブロンド美人はジャンフランコのジャケットの襟に真っ赤なマニキュアを施した指を滑らせ、彼の顔を引き寄せてキスをした。それを見て、習慣とやらを改めるのは難しいだろう、とデヴラは思った。

〝この件は忘れなさい〟カルラは忠告した。〝不安に思う必要はないのよ。彼が不実を働いたからといって、あなたを軽視しているわけじゃないから〟

ジャンフランコの最初の妻で、彼の息子の母親でもあるサラについて話してくれたのもカルラだった。

〝彼はサラを心から愛していたわ〟

デヴラが額に入った写真を見ていたとき、カルラは言った。有名な写真家が撮ったもので、聖母マリアのような穏やかな表情をした母親が、生まれたばかりの息子、アルベルトを抱いていた。

初めて聞く話ではなかったが、デヴラの心は鉛のように重く沈んだ。

ここイタリアでの友人を挙げるとすれば、カルラということになる。けれども、このあか抜けた女性と一緒にいて、心からくつろいだことはなかった。

たぶん、新婚のころ、カルラがジャンフランコの妻と間違えられた一件のせいだろう。デヴラはトスカーナにやってきたばかりで何もわからなかったし、いかにも洗練された雰囲気を持つカルラがそう見られたのも無理はない。とはいえ、それ以来、デヴラはカルラに対して複雑な気持ちをいだいてきた。

でも、彼はわたしを選んだのよ。デヴラは物思いを断ち切り、挑むように顎を上げた。「中に戻らないと。カルラを一人にしているから」デヴラは顔をしかめた。「この週末はあまり相手をしてあげられなかったの」

ジャンフランコの親友のアンジェロと妻のケイトが到着し、男性二人が馬で丘陵地帯に出かけたあと、おなかの大きいケイトが口にするのは当然ながら妊娠と出産のことばかりだった。

「カルラは女同士でいても楽しくないようなの」デヴラは、男性たちが戻ったときのカルラの華やいだ表情を思い起こした。「それに、赤ちゃんの話題にも興味はなさそうだし」

ジャンフランコはジーンズのベルト通しに親指をかけ、目を細めて丘陵地帯を眺めた。

「きみは平気だったのか？」屋敷に通じる並木道を二人でたどりながら、彼はデヴラの肩を抱いて尋ねた。「赤ん坊の話を聞いていて」

夫の口調はさりげなかったが、デヴラには彼の胸中がわかった。

身重のケイトと一緒にいるのは、不妊症のデヴラにとってつらくなかったか、ときいているのだ。

むろん心穏やかでいられるわけがなかった。ただ、以前とは状況が変わっている。胸が高鳴るのを覚え、デヴラは慌ててまつげを伏せた。

いまはまだ言うべきときではない。

夫に伝える際は、誰にも邪魔をされたくない。カルラは間の悪いときに姿を現す天才だ。

「もちろんよ」

ジャンフランコは長い指でデヴラの顎をとらえ、顔を上向かせた。

デヴラは落ち着かなげに顔を動かしたが、目はそらさなかった。しばらくして夫は満足したようにうなずいた。

デヴラは意外に思いながらも胸を撫《な》で下ろした。いつもなら、夫をごまかすことなどまなブラジャーだが、何もつけていないほうがいい」ジャンフランコはシルクのブラウスを掲げながら言った。「特にこの下はね」

「わたしの胸が小さいと言いたいのかしら？」デヴラは怒ったふりをし、彼の手からブラウスを取った。実のところ、ジャンフランコと結婚して以来、自分の体に対するコンプレックスはなくなっていた。

「とんでもない、いとしい人《カーラ》」ジャンフランコは笑った。「きみの胸はぼくの手にぴったり合う」

それを示すかのように、片方の手を伸ばして指を曲げる彼を見て、デヴラは慌てて顔をそむけた。

妻の頬が真っ赤に染まるのをジャンフランコは見逃さなかった。彼女の体の隅々まで知りつくし、いまも唇にデヴラの味が残っている。なのに、顔を赤らめるデヴラが愉快だった。「赤くなっている」

デヴラは赤い髪を後ろに払いのけ、ブラウスのボタンを留めながら振り向いた。「わたしをいじめたいのね」

ジャンフランコはデヴラの胸の谷間に視線を注ぎ、しなやかな動きで上体を起こした。左手で彼女の顔にかかった髪を払い、開いた唇に濃厚なキスをする。

「おたがいさまじゃないかな」彼は言った。「ぼくだって、きみに苦しめられている」

切迫した欲望こそ消えたものの、デヴラを目にしたり、彼女のことを考えたりするだけで、欲望がすぐに頭をもたげる。こんな経験は初めてだった。

「何を考えているんだい？」ジャンフランコは妻の顔を見てきいた。

デヴラはかぶりを振った。「わたしはただ……」夫に鋭いまなざしで見つめられ、頭の中まで見透かされている気がした。夫がセクシーな腰にベルトを締めるしぐさにしばし見入ってから、彼女は言葉を継いだ。「この土地のことを……」

デヴラはほっそりした腕で半円を描き、あたりに広がるトスカーナの風景を示した。オリーブ畑が点在する緩やかな丘陵に、美しく修復された大邸宅が見えている。屋敷は、ジャンフランコの父親がポーカーの賭《かけ》に負けて手放した数年間を除き、十五世紀からずっとブルーニ家のものだった。

一年前、デヴラの人生は単純だった。ロンドンで看護師をしながら、つつましく暮らしていた。

それがいまは、この大邸宅だけでなく、ロンドンのジョージ王朝風の邸宅をはじめ、ヨーロッパ各地にある屋敷の女主人であり、大金を稼ぐたくましくもなぞめいた男性の妻なのだ。

「ここでの暮らしは以前の生活とあまりにもかけ離れているわ」

この一年、デヴラの身には実に多くの変化が生じ、鏡に映った姿を見ても自分だとわからないほどだ。デザイナーズ・ブランドの服を着ているからではなく、もっと深い部分で変化が起こっていた。

とはいえ、まったく別の世界に飛びこんだ以上、順応する以外に選択肢はなく、新しい環境に対処するすべを身につけなければならなかった。

そして、デヴラは身につけた。

一年前の彼女にとっては、子供のためのホスピスを設立するなど、夢のまた夢だっただろう。しかし、ジャンフランコの金融帝国が出資している慈善信託機関の融資により、夢は現実となった。

また、政治家や貴族が集まる華やかな催しに参加するばかりか、主催する側にもなった。以前なら想像するだけで卒倒したに違いない。

デヴラならどんな重責でもこなすというジャンフランコの信頼と喜びは、当初の輝きを失ってしまったかもしれない。いまやそれは珍しいことではなくなったからだ。

そして彼女は継母《ままはは》にもなった。

大好きな義理の息子のことを思い、デヴラはかすかに眉を寄せた。

もしアルベルトが継母に少しでも敵意を見せていたら、デヴラにとってひどく厄介だったに違いない。幸い、アルベルトはすぐ彼女になついた。ジャンフランコも、息子のことで口出しするなとは言わなかった。

父と子のささいな衝突の原因は忘れてしまったが、デヴラは彼らが激しく口論するのを目撃したことがあった。そのあとで、夫婦二人きりになったとき、ジャンフランコが言ったことを、デヴラはいまもはっきりと覚えていた。

「長い間、ぼくとアルベルトは二人だけでやってきた……」ジャンフランコが言いにくそうに切りだした。

「あなたはすばらしい父親だわ」デヴラは心から賞賛した。「わたしはただ……」

「父親の権威を弱めるようなことをきみにしてほしくないんだ」

「そんなつもりは――」

ジャンフランコはいらだたしげに手を振って遮った。「子供には〝継続〟が必要だからね」

その言葉がデヴラに対する侮辱だと、夫は気づいていない様子だった。デヴラは言った。

「つまり、あなたにとって子供は永遠だけれど、妻は一時的な存在だというわけね」

ジャンフランコの冷ややかな目にいらだちの色が浮かんだ。「そう思いたければ、それでもかまわない」

「あなたがそう言っているのよ」

ジャンフランコはそっけなく肩をすくめた。デヴラは怒りに駆られ、軽率にも彼の亡き妻のことを口にした。

「アルベルトのお母さんにプロポーズをしたときは、一時的な関係とは言わなかったんでしょう?」

ジャンフランコの表情が険しくなった。「サラとの結婚はいまの話とは無関係だ。きみと結婚したのは、アルベルトに母親を与えるためではない」

「ときどき、どうしてあなたがわたしと結婚したのか不思議に思うわ」

ジャンフランコは目に熱い炎を宿し、妻の肩をつかんで引き寄せてから、彼女の疑問に応じた。「きみと結婚したのは、きみが愛人になろうとしなかったからだ。きみがぼくのベッドにいないと頭が変になりそうだったし、どうしてもきみをほかの男に取られたくなかった」

愛という言葉は一度も出てこなかった。だが彼にキスをされたとたん、それでもかまわないとデヴラは自分に言い聞かせた。三秒後には何も考えられなくなり、彼女は熱い吐息をもらしていた。


そのときの光景がまざまざとよみがえり、デヴラはため息をついた。

ジャンフランコに触れられると、わたしはいつだってあのときと同じようになる。分別も自尊心もどこかへ吹き飛んでしまう。あげくの果て、わたしを愛しているふりさえしない男性と結婚してしまった。それでもデヴラは、プロポーズされた瞬間だけは彼に愛されているものと信じていた。

「あなたはわたしのことを何も知らないのに！」

突然のプロポーズに驚き、デヴラは言った。

「恋をするには時間がかかるわ。あなたとわたしは……」

突然、真実に打ちのめされ、デヴラの顔から血の気が引いた。

恋をするのに時間など関係ない。時間をかけずに恋に落ちる者もいるが、デヴラの場合はたった一秒しかかからなかった。ジャンフランコはお見通しだったに違いない。

デヴラは彼の端整な顔に目を向け、胸の内でつぶやいた。あなたを心から愛している、と。次の瞬間、彼女の顔に喜びの笑みが広がった。

ジャンフランコもほほ笑んだが、表情豊かな唇はゆがみ、魅力的な目はいつになく冷ややかだった。

「ぼくは愛情など求めていない」

デヴラの目から光が消えた。

「本当にそんなものが存在するとしての話だが」

「あなたは存在するとは思っていないのね？」

ジャンフランコは片方の眉を上げ、氷のような微笑を浮かべた。「おとぎばなしの中以外に？　結婚の何割が数年以内に終わるか、知っているかい？」

「あなたは、わたしたちの結婚がどれくらい続くと思っているの？」

「人生には不確定要素がたくさんある。だから、はっきりとは言えない」

ロマンスは終わったというわけね。そう思いながらデヴラは言った。「つまり、わたしたちの結婚生活から輝きが消えるまで、あるいは誰か別の女性が現れるまで、ということかしら？」

「きみは義務感で結婚生活を続けるほうが立派だと思っているのか？」ジャンフランコは口もとをゆがめ、首を横に振った。「そんなものは立派でもなんでもない。よく言って習慣、悪く言うなら怠惰と恐怖だ。ぼくは現実を見ているにすぎない。きみはぼくに、二人は永遠に結ばれる運命だというような陳腐な決まり文句を言ってほしいのか？」

「世間の人はそうよ。わたしの両親は三十五年間、人生をともにし、一緒に旅立ったわ」

「事故か何かで亡くなったのか？」

「乗っていたバスが中央分離帯を越えてトラックと正面衝突したの。両親を含めて十人が死んだわ」

「きみが何歳のとき？」

「十八歳よ。看護学校の一年生だったわ」

「気の毒に。とはいえ、すばらしい結婚生活を送ることができ、ご両親は幸せだった。しかし、ぼくには五年後、十年後のことなどわからない。ただ、いま感じていることはわかる。いまは……」ジャンフランコの声がかすれる。「きみが欲しい」

そして、一年後のいまもジャンフランコはデヴラを欲しがっていた。夫が口にする将来の計画には必ず彼女が入っていた。

もし彼に望まれなくなったら、どうするの？　自問したデヴラは不安に身をこわばらせ、小さな叫び声をあげて夫の胸に顔をうずめた。「わたしは幸せだわ」熱をこめて言う。

驚いたジャンフランコはデヴラの燃えるような赤毛を撫で下ろした。彼の手の下で巻き毛が伸び、緩やかにはねて元に戻る。「そうなのか？」

デヴラは肩に彼の両手を感じ、さらに顔を隠すようにした。目を閉じると、彼の体のぬくもりが全身に染み渡った。「ええ、幸せよ」

幸せのレシピは人さまざまだが、デヴラにとってはジャンフランコが不可欠だった。彼の代わりなど考えつかない。だからこそ、彼のプロポーズを一も二もなく受け入れたのだ。

不意にジャンフランコはデヴラの顔を上げさせた。片方の手を豊かな髪の中に滑らせて後頭部を包み、まじまじと妻の目を見つめる。

子供を産めないので結婚はできないと言ったときのデヴラの顔といまの彼女の顔が二重

写しになる。

なんてことだ《ディーオ・ミーオ》、ぼくはあまりに無神経だった。ジャンフランコは靴の先で小石を蹴《け》とばした。赤ん坊の話しかしない出産間近の女性と週末を一緒に過ごさせるなんて、思いやりに欠けている。デヴラは見かけ以上に気にしているというのに。

子供に関しては、デヴラは最初から率直だった。

一方、ジャンフランコの反応は誠実とは言えなかった。〝子供ができなくてもぼくの気持ちは変わらない〟と言ったとき、デヴラの目に感謝の念が浮かんだ。彼女はその言葉を信じたのではなく、ジャンフランコの優しさが言わせたのだと思っている。そうと知りつつも、彼はあえて否定しなかった。

しかし、実のところ、デヴラから不妊症だと打ち明けられ、ジャンフランコはほっとしていた。

「本当に?」デヴラの頬を伝う涙を親指でふきながら、ジャンフランコはからかうように言った。「じゃあ、これは喜びの涙なんだね?」

デヴラは答える代わりにきき返した。「あなたは幸せ?」

「ぼくが?」ジャンフランコの顔にいらだちの表情が浮かんだ。「そうだな。もっと幸せになれると思うよ」あいまいに答え、妻の手を取る。「今夜、カルラが帰ってくれたらね」

2

ジャンフランコの願いはかなわなかった。

二人が家に着くと、スパンコールをちりばめた水着姿のカルラが、明朝ジャンフランコのヘリコプターに乗せてもらえないかと尋ねた。

「今日じゅうに帰らなければいけないのかと思っていたよ」ジャンフランコはぶっきらぼうに言った。

「いいえ、もう少しあなたのお相手をさせていただくわ」カルラはジャンフランコの冷ややかな態度に気づかないふりをした。「使用人が戻ってきたからには、もうあなたがキッチンに立つ必要はないでしょう。まったく変わり者なんだから」カルラはかぶりを振り、彼にわざとらしい笑みを向けて、日焼け止めのクリームを塗ってくれないかと頼んだ。

夫の手がカルラのなめらかな背中を滑る光景を想像し、デヴラは思わずこぶしを握り締めた。

「日に焼ける心配はない。もう六時半だ」

デヴラはカルラにほほ笑んでから、夫に続いて家に入った。「カルラに失礼なまねをしないで」

「彼女の肌に触れさせたいのか？」ジャンフランコの眉が上がる。「もしぼくが塗ろうとしたら、きみはカルラをプールに突き落としていたはずだ」

デヴラは頬を染めた。「いいえ、あなたを突き落としたわ。でも相手はカルラだもの、特別な意味はないのよ」寛大になりなさい、デヴラ。内なる声が言う。「男性にはいつもあんな感じだから」

「男性には見境なく言い寄るという意味かい？」

顔をしかめて言うジャンフランコを見て、デヴラは目を丸くした。「彼女に言い寄られたの？」

「紳士たるもの、軽々しくはしゃべらない」

「じゃあ、あなたはしゃべることができるわけね」

ジャンフランコはのけぞって笑った。「カルラはぼくのタイプじゃない」デヴラの頬を撫《な》でながら言う。「彼女の気持ちなど心配する必要はない。鉄面皮だからね。とにかく明日までつき合うしかない。にこやかに耐えるのみだ」

夕食の間、先ほどの忠告にジャンフランコが従いそうになかったので、デヴラは夫の分まで笑みを浮かべなければならなかった。

慈善オークションで知り合った有名人について、カルラは延々と話し続け、デヴラは顔の筋肉が痛くなってきた。

「それで、オークションの目的は？」デヴラはカルラが息をついた瞬間をとらえて尋ねた。

「さあ、よく覚えていないわ」

デヴラは唇を噛《か》んだ。夫の顔を見る勇気はなかった。彼はわざとおどけた表情をつくってわたしを笑わせようとしているに違いない。

「公爵と話したことは言ったかしら？　魅力的な人だったわ」

「話したよ、カルラ」間髪を入れず、ジャンフランコが口をはさんだ。「何度もね」

デヴラは警告のまなざしを夫に向け、気まずい雰囲気をやわらげようと話題を変えた。

「レモンのタルトは本当に召しあがらないの？」

「ええ、デザートはけっこう。体重に気をつけているの」カルラはタルトがのっている皿に視線を投げた。「ちょっとご主人を貸してね、ほんの数分だけ。退屈なお金の話よ」問いかけるようにジャンフランコを見る。「迷惑でなければ……」

沈黙が垂れこめ、デヴラは夫が断るのではないかと思った。

そのとき、ジャンフランコがあきらめ顔で立ちあがった。「急を要することなら」

「ずっと心配していたの」カルラはしわ一つないスカートの上から腰を撫でた。「あなたはそうは思わないでしょうけれど」

「書斎に行こうか？」ジャンフランコが問いかけるように妻を見やった。

「わたしはここで待っているわ」デヴラは答えた。

「気にしないで」カルラがデヴラの手を軽くたたく。「一分とかからないから」

一分が一時間になった。その間、デヴラは一人でコーヒーを飲んでいたが、メイドがやってきたので、もう片づけてもいいと告げた。

さらに五分がたち、デヴラは寝ることにした。書斎の前を通りかかったとき、お金の話とは関係なさそうな笑い声が聞こえてきた。先にやすむからと声をかけると、ジャンフランコが大声で応じた。

「すぐに行くよ！」


夫の時間の観念もカルラ同様、いい加減なものだった。ジャンフランコが寝室に入ってきたのは真夜中だった。廊下から足音が聞こえるや、デヴラはテーブルから雑誌を取り、ベッドに飛びこんだ。

「なんの用だったの？」デヴラは雑誌のページを繰りながら、さりげなく尋ねた。

実のところ、この一時間というもの、デヴラは部屋を行ったり来たりして、絶えず時計の針に目をやっていた。カルラに嫉妬《しっと》したからではない。夫がカルラを恋愛の対象として見ていないことはたしかだ。しかし、二人がデヴラの知らない過去を共有しているのもまた、たしかなことだった。

カルラはアルベルトの母親であるサラの親友だった。書斎ではサラの話も出たかしら？

カルラから聞かされた話をつなぎ合わせると、サラがジャンフランコにとって特別な女性だったことは間違いない。二人の愛情がいかに深いものだったか、その事実に気づかされるたび、デヴラは苦痛を覚えた。それでも、もっと詳しく知りたかった。

「株の話だ」ジャンフランコは不機嫌そうに鼻を鳴らした。「別に急を要するものではなかった」

一方、妻とベッドをともにしたいというジャンフランコの望みは急を要するものだった。ベッドわきの照明を受けてデヴラの髪は金色に輝き、ナイトドレスは透けているように見える。妻のほっそりとしたしなやかな曲線を目にすると、いつも彼は興奮を抑えきれなくなった。

「やっと」ジャンフランコは膝を抱えて座っている妻に近づいた。「きみをぼくのものにできる」

デヴラは首をかしげた。「この週末の計画はあなたが思いついたのよ」

「ろくでもない思いつきだった」

ジャンフランコはシャツのボタンを外しながら妻の隣に座った。なんの気なしに妻の手から雑誌を取ると、デヴラは慌てて取り返そうとした。

「何を読んでいたんだ？」

「なんでもないわ、返して」

不安のにじむ声にジャンフランコは眉を寄せた。雑誌を手に枕《まくら》にもたれ、ページをめくる。医学雑誌だ。彼の顔からからかうような笑みが消えた。

デヴラはため息をついた。「いいわ。こんな形で話したくなかったけれど。でも、ドクターからこの記事を読めばいいと言われて……」

「記事？」ジャンフランコは雑誌に視線を落とした。表紙には乳がんの新薬に関する見出しが載っている。たちまち、冷たい手で心臓をわしづかみにされたような気分になった。

「どこか悪いのか？」

デヴラは視線をそらした。「なんでもないの。どこも悪くないわ」

ジャンフランコは彼女の顎に手を添え、顔を上向かせた。「きみは嘘《うそ》が下手だ」どうかそんな悪い事態ではないようにと祈りながら続ける。「いいか、どんな問題でも二人で取り組めば克服できる。新しい治療薬も出てくるだろうし……」言葉を切り、息を吸う。

「がんは不治の病じゃない」

デヴラはかぶりを振り、小さな叫び声をあげた。「違うの……本当よ、わたしは病気じゃないわ」

「そうなのか？」

デヴラがきっぱりとうなずいたので、ジャンフランコは長いため息をもらした。肩から力が抜けていくのがわかる。これほど強い安堵《あんど》を覚えたのは初めてだった。

〝失いかけて初めて愛に気づく〟という格言にも一理あるとジャンフランコは悟った。

「本当に病気じゃないんだな？」

デヴラは夫の両手をつかみ、手のひらに鼻をこすりつけた。「ええ」

ジャンフランコは妻を引き寄せ、荒々しいキスをした。「またこんなまねをしたら」唇を離して言う。「お仕置きだぞ」ほっそりした白い喉に目を向けたとたん、彼は欲望がわき起こるのを感じた。「わかったな？」

「わかったわ」

デヴラの顔は紅潮し、髪は乱れていたが、夫の脅しを気にしている様子はなかった。

「きみが嘘をついていないのはいいとして……」ジャンフランコはまだ震えている手を隠すために両手をポケットに突っこんだ。「どんな記事を読んでいたんだ？」

夫を見るデヴラの緑色の目がひそかな期待にきらめいた。「これよ」雑誌の当該ページを開いて渡す。

ジャンフランコは記事にざっと目を通した。読み終わると雑誌を閉じ、ベッドの上に置いた。新しい不妊治療に関する記事だった。

「どう思う?」デヴラは興奮した声できいた。「治験者になる女性を募集しているの。妊娠するという保証はないけれど、でも――」

「この記事のせいでぼくは肝を冷やす羽目になったのか?」ジャンフランコは遮り、かぶりを振りながら妻に向かって手を伸ばした。すぐさま腕の中に飛びこんでくる。「結婚前に言っただろう、子供は欲しくないと」

「わかっているわ。あなたの優しさが――」

「違う。優しさから言っているわけではなく、ぼくの本心だ」

デヴラは身を引き、顔を上げた。眉をひそめ、顔にショックの色を浮かべながら、頬に流れる一筋の涙を手の甲でぬぐう。

これまでジャンフランコは女性の涙に気持ちを動かされたことはなかった。もっとも、デヴラは涙を女の武器として使うような女性ではない。

「子供が欲しくないなんて、そんなはずないわ」デヴラはかぶりを振った。「あなたがアルベルトやほかの子供たちと一緒にいるところを見ているもの。あなたはとてもすばらしい父親――」

「赤ん坊がいると大変だ。きみの社交生活を台なしにしてしまう。身勝手だと言われてもいい」言われる前に言ったほうがましだと思い、ジャンフランコは続けた。「妻が育児で疲れ果てているような家に帰ってきたくないんだ」

デヴラは、夫の首にもう一つ頭が生えたとでも言いたげな目でジャンフランコを見ていた。「本気で言っているわけじゃないでしょう？　妊娠が可能になれば、喜んでくれると思ったのに……」涙と失望にデヴラは声をつまらせた。「ケイトはアンジェロに子供を産んであげられるけれど、わたしは――」

「ぼくたちはケイトとアンジェロではない。事情が違うんだ」

デヴラが噛んでいた唇を離すと、震える下唇に鮮血がついているのが見えた。

「わたしがそんなこともわからないと思っているの？」

「ぼくには息子がいる」

息子を守るためなら喜んで命を差しだすだろう。そう思うことで、ジャンフランコは懇願するデヴラのまなざしに耐えた。もちろん、サラの死が彼の責任だと非難する者などいないし、実際に責任がないことも頭ではわかっている。それでも、もしサラが妊娠しなければ、あるいはサラが望んだ中絶に彼が同意していれば、彼女はいまも生きていただろう。

デヴラの唇が震えた。「でも、わたしたちの子供ができるかもしれないのよ。わたしには子供がいないの。ここ数年で体外受精は画期的な進歩を遂げたとドクターはおっしゃったわ」

「きみはぼくに内緒で診察を受けたんだな」ジャンフランコは後ろめたさを怒りで隠した。

「そんな目で見ないで」

「どんな目だ?」冷ややかに問い返す。

「浮気していたとでも言われたほうがまだましだったみたいね」

わたしがほかの男性と……。笑える話だわ。デヴラの口からヒステリックな笑い声がもれた。

ジャンフランコは石像さながらの硬い表情でデヴラを見つめた。妻がほかの男に触れられる光景を想像すると、笑う気になれない。体の奥深くで怒りの炎がめらめらと燃えあがった。

デヴラはため息をつき、ゆっくりと首を横に振った。「内緒にしていたわけじゃないわ」つのる反発を抑えながら言う。「あなたと話し合う前に確かめておきたかったの。誤った期待をいだかせるわけにはいかないから。ドクターの話では――」

「医者の話なんかどうでもいい」ジャンフランコは語気鋭く遮った。医師の話など聞きたくなかった。サラが妊娠中に患った糖尿病について、心配しなくていいと言ったのは医師だった。出産後はほとんど問題にならないとも言った。

ジャンフランコは愚かにもその言葉を信じた。

出産後に症状が消えるどころか、サラは毎日、インシュリン注射が必要な真性糖尿病になった。そのときも、日常生活に大きな支障はないという、医師の自信に満ちた言葉を信じた。

その三カ月後、サラは低血糖症の発作でこの世を去った。

「ぼくたちの結婚に隠し事などないと思っていた」

「いいえ、わたしたちの結婚は……」デヴラは口をつぐみ、ベッドから下りた。そうでもしなければ、夫を絞め殺してしまいそうだった。「わたしの望みはどうなるの？　わたしが欲しいものは？」ローブを羽織り、挑むような目で夫を見る。

「きみが欲しいものは与えてきたと思っている」

「わたしは子供が欲しいの」

「欲しいからといって手に入るものではない」

「できるかもしれないでしょう！」話を聞こうともしない夫にデヴラは失望した。

「不妊治療の経験者をぼくは知っている。生活のすべてが治療に支配され、夫婦関係に強い緊張が生まれる。大量の薬物を投与される妻は当然、精神的にも肉体的にもダメージを受ける」

「それだけの価値があると思う人もいるはずよ。試しもせずにあきらめたら、きっと後悔するわ」

「とにかくぼくは望まない。それに、きみが妊娠する可能性はごくわずかなはずだ」たとえ残酷でも、はっきりさせておくべきだと思い、ジャンフランコは思いきって言った。

デヴラは握り締めたこぶしを胃のあたりにあてがった。いまにも吐きそうだった。「で

不意に彼が顔を上げ、デヴラは緊張した。

「〝あなたのせいじゃありません、ミスター・ブルーニ〟とでも言うつもりか？」ジャンフランコは皮肉めいた口調で尋ねた。

「言ってほしくないんでしょうね」デヴラは静かに応じた。

「きみには子供はいないんだろう？」

デヴラはむきだしの神経に触れられたかのようにたじろいだ。「ええ、いません」これからもずっと、と彼女は胸の内でつけ加えた。

「ゲーム機は数ポンドで、ぼくには数千万の資産がある……」あとには激しい調子のイタリア語が続いたものの、自己嫌悪を表す言葉はどれも同じに聞こえた。

デヴラは関節が白くなるほど握り締めている彼の手を見た。何も考えずに手を伸ばし、彼の手を包みこむ。「あなたのせいじゃないわ」きっぱりと告げる。「憎むべきは凶行に走った犯人です。あなたが自分を責めたり、もしもああしていたらと想像したりしても、なんにもなりません」

ジャンフランコの目は、自分の手に重ねられた小さな手に釘《くぎ》づけになった。

デヴラは、力強く美しい手だと場違いなことを考え、最後に強く握ってから手を離した。

「自分を責めてはだめよ」

ぎこちない沈黙のあと、ジャンフランコが口を開いた。「きみは息子の体のことだけ心配してくれればいい。ぼくの手を握ったり、額をぬぐったりしてもらう必要はない。そう言ったはずだ」彼は冷ややかな笑みを浮かべた。「わかってくれたかな？」

デヴラの頬がほてった。たしかに彼はつらい思いをしている。それにしても、これほど人を不快にさせる必要があるかしら？「わかりました」彼女は淡々と答えた。

「けっこう」ジャンフランコは椅子をベッドに引き寄せ、長身を折るようにして座った。「感情移入に関してきみは首席で卒業したんだろうね。だが、それは看護の腕より甘ったれた優しさを求める人間にとっておくんだな」

「誰にも同じようにしたいんです」デヴラは静かに言い返した。

「何か問題でもあるのかい、デヴラ？」

唐突に声をかけられ、デヴラはびっくりして飛びあがった。近づいてきた主任看護師に気づいていなかったのだ。彼女は、大きく息を吸い、動悸《どうき》を静めた。「いえ、何も」

ジョンはうなずいたものの、必ずしも納得していないといった表情でデヴラからイタリア人に視線を移した。「ミスター・ブルーニ、救急治療室にお連れするために車椅子の手配をしました。形成外科医が待っています」

ジャンフランコ・ブルーニはぽかんとして主任看護師を見た。「車椅子？」

「そうです」

「ぼくを病人だと思っているのか？」

「病院の方針です。あなたの頭の傷はできるだけ早く縫ったほうがいい」

「ぼくの頭？」

ジャンフランコは困惑顔できき返した。おそらく、けがのことを忘れていたか、あるいは、自分のけがなど最初から眼中にないのだろう。

「額に十五センチほどの切り傷があります」ジョンは言った。「意識を失いませんでしたか？」

「ただのかすり傷だ」ジャンフランコは手を振って否定し、横を向いた。

デヴラはいらだちを抑えきれずに割って入った。「そのかすり傷から、床一面に血が滴り落ちているわ」

ジャンフランコがすばやく彼女のほうに顔を向けた。「いったい誰に向かって話しているんだ？」

「自分の命がかかっているのに頑固で聞く耳を持たない人に話しているのよ」

デヴラの激しい言葉に、二人の男性はどちらも負けず劣らず驚いたようだった。

「デヴラ」ジョンが言った。「よかったら、きみは少し休んで……」

「血が出ている」

ジョンとデヴラが同時に目をやると、ジャンフランコが手についた血をぼんやりと見ていた。

「落ち着いて」デヴラは声をかけた。これまで何度も、屈強な大男が自分の血を見て気を失うのを見ていた。

ジャンフランコはさっと顔を上げた。「大丈夫、落ち着いている。包帯か何か、傷を覆えるものをくれればいい」

「ここはセルフサービスの病院じゃないんです、ミスター・ブルーニ」ジョンが口をはさんだ。

「それなら、彼女に縫ってもらう」

いきなり指名され、デヴラは口をあんぐりと開けた。「わたしに?」

「できないのか?」ジャンフランコは主任看護師の言葉を遮り、デヴラに向かって尋ねた。

「スミス看護師は――」

「彼女にももちろんできます。しかし形成外科医が縫えば、傷跡はほとんど残りません」

ジョンが説得に乗りだした。

ジャンフランコは軽蔑《けいべつ》するように口もとをゆがめた。「ぼくが顔のことを気にするとでも?」

彼が怒って自分の顔を突きだしたので、デヴラはつい見とれてしまった。

「形成外科医にはほかにするべき仕事があるはずだ。息子だけが命がけで闘っているわけではない」苦悩に満ちた目で、まだ意識不明の息子を見る。「スミス看護師に縫ってもらう」

人に求められるのはよいことだ。でも、この場合はとんでもないわ。デヴラは恐怖のあまり吐き気を催した。

ジョンが肩をすくめ、驚いたことにデヴラに尋ねた。「それでいいか、デヴラ？」

電気の通ったソケットにさわれるかときかれたも同然だった。デヴラは必死に恐怖を隠そうとした。

「心配はいらない。ぼくは訴訟好きじゃないから」イタリア人は請け合った。

デヴラは億万長者の冷笑的な目を見つめた。「訴訟を心配しているわけではありません」自分の腕を心配しているのでもない。いままで数えきれないほどの傷を縫ってきた。どうにも気が進まないのは、この男性に触れることだ。「形成外科医のほうがずっとうまく縫えます。わたしはふだん――」

「臨機応変にいこう」ジャンフランコはデヴラに最後まで言わせず、肩を小さくすくめた。

「あなたが臨機応変になれないから？」

彼女を見るジャンフランコの目が細くなった。対照的に、ジョンの目は驚きに見開かれていた。

「きみはのみこみが早い」ジャンフランコが言った。

わたしを褒めているの？　セクシーな唇の片方を上げるのは彼流の微笑？　デヴラは自

問した。たぶん違うでしょうね。

五分後、デヴラはあとからついてくる長身のイタリア人を強く意識しながら、カーテンで仕切られた狭い部屋に入っていった。身ぶりで彼を座らせて顔に照明を当て、手を洗ってから滅菌手袋をした。

傷を消毒するために身を乗りだすと、男らしい香りが鼻をついた。強い照明が彫りの深い顔を際立たせ、汚れや血のついた皮膚は灰色になっている。

「ごめんなさい」

「何が?」

「痛い目に遭わせて」

「ぼくよりきみのほうが痛みを感じているんじゃないか?」彼の目がおもしろそうに光る。

「きみの性格は看護師に向いているのかな?」

「感情移入は」デヴラはそっけなく答えた。「看護師として必ずしも間違ったことじゃないわ」綿棒を手にして尋ねる。「本当に医師の処置を受けなくていいんですか? ずいぶん深い傷だわ」

「きみでいい」

「お望みならば。でも、局所麻酔を――」

「その必要はない」彼はいらだたしげに首を横に振った。「とにかく縫ってくれたらいい」

「無理して男らしいところを見せる必要はないんですよ。ここにはわたししかいませんから」

ジャンフランコは薄い笑みを浮かべた。「ぼくを意のままにして楽しむのかと思ったよ」

これまで、救急病棟で酔っ払いの一撃を避けたことも一度ならずある。二階から飛び下りようとした患者のせいで肩を脱臼《だっきゅう》した経験もある。しかし、これほどの無力感や腹立たしさに襲われた経験はなかった。いつだって自分の職業を誇りに思ってきた。それがいまではすっかり気落ちしている。

仕事中に公私を混同した報いだわ。

もちろんデヴラも人間だから、特別な気持ちのつながりを感じる患者もいる。もっとも、このイタリア人とはいかなるつながりも感じたくないけれど！

「わかりました」デヴラはうなずいた。

彼女は口をつぐみ、傷を縫い合わせることに意識を集中した。彼は身じろぎ一つしなかった。デヴラの縫合が上手だからという見方もできるが、実際は、ばかばかしいほど頑固な彼が痛みを認めなかったというのが正解だろう。

「終わりました」デヴラは一歩下がって出来映えを見た。「ゆっくりと動いて……でないと……」

ジャンフランコは肩にかけてあった無菌タオルを手に取り、立ちあがった。そして、仕切りのカーテンを開けながら、眉を上げて問いかけた。「でないと、なんだ?」

「急に立ちあがると失神するかもしれません」

一瞬、彼の白い歯がのぞき、引き締まった褐色の顔が若々しく見えた。しかもありえないことに、ひどく魅力的だった。

「がっかりさせてすまない」

湿ったコートがソファの上に投げだされ、デヴラは現実に引き戻された。目をしばたたき、視線をテレビ画面からキッチンへ向かう人影に移す。やかんに水を入れる音が聞こえてきた。

ほどなくスーが居間にやってきた。「まったくひどい天気ね」濡《ぬ》れた黒い巻き毛を手ですいてから、デヴラの顔をのぞきこむなり、スーは驚きの声をあげた。「まあ、泣いていたのね!」

「違うわ……」デヴラは思わず顔に手をやった。たしかに濡れている。「そうかもしれない」

「このままでは、わたしのほうが気が変になりそうだわ」スーは蹴《け》とばすようにして靴を脱いだ。「あなたのプライバシーは尊重してきたけれど、わたしも人間なの。ねえ、どうして、あんなにもすてきなジャンフランコのところを出てきたわけ? 彼はあなたをあんなに大切にしているのに」

スーはデヴラの隣に腰を下ろした。

「さあ、しゃべってしまいなさい、何もかも」

「彼はわたしを大切になんてしていないわ」彼が大切にしているのは息子と亡き妻の思い出だけ。デヴラはからのマグカップを高く掲げた。「新しい始まりのために」

「なんのまね?」スーは心配そうに友人を見た。

「カルラが初めてわたしをランチに連れだし、乾杯のときに言ったせりふよ。ジャンフランコがわたしに出会えてよかった、やっと彼がサラに後ろめたさをいだかずにわたしとつき合えるようになったって」

「肌に染みの一つもあれば、カルラのことも好きになれるけれど。まあ、彼女にしてはいいところを突いて――」

「でも、カルラの指摘は間違っていたの」デヴラはかすれた声で友人を遮った。「始まりどころか、彼は一歩も前に進んでいなかったわ。わたしを愛してもいないし」

「ばかなこと言わないで」

「いいえ、事実よ」デヴラはゆっくりとかぶりを振った。「ジャンフランコは愛しているふりさえしなかった。彼はまだサラを愛しているのよ」それでわたしの人生が終わるわけじゃない。自分にそう言い聞かせながら、デヴラは続けた。「彼がもし子供を欲しいとしたら、それはサラの子だけよ。わたしの子ではなく」

「まあ！」スーの目が大きく見開かれた。「子供はできないと思っていたわ。あなたが悩んだすえに打ち明けたとき、彼が気にしないと言ってくれ、天にものぼる心地だったと、たしか言ったわよね？」

デヴラは力なくうなずいた。「アルベルトがいるから、もう子供はいらないって」

「だけど、あなたは自分の子供が欲しいのね。可能性はあるの？」

デヴラはうなずいた。十代のときに穿孔《せんこう》性虫垂炎から腹膜炎を起こし、その後、彼女は長い間合併症に苦しんだ。スーはそのことを知っている数少ない人間の一人だった。

「ええ、できるかもしれないの。でも……」悲しげな目から涙があふれる。「ジャンフランコの子供は望めないわ。子供を取るか、夫を取るか、選ばなければいけないの」

スーの腕に抱き締められ、デヴラは泣きじゃくった。

5

「さて、どう思う？」ジャンフランコは資料から顔を上げ、一同に問いかけた。

議長席についた彼が幹部たちの顔を順番に見ていく間、会議室は静まり返っていた。恐怖が浮かんでいる顔もある。

ジャンフランコはいらだった。配下にイエスマンは置いていないつもりだ。

「誰も意見はないのか？」それとも、ぼくの意見に異を唱える気骨がないのか？

誰も異論はないようだった。あっても言いたくないのだろう。ジャンフランコは失望を覚えた。

「どうやら早く会議を終わらせて、行きたいところがあるようだな」彼は穏やかな口調で、気もそぞろな部下たちにいやみを言った。自分のことは棚に上げて。

ジャンフランコは腕時計を見た。電話がかかってきたらすぐ会議室にまわせとスタッフに告げておいたのに、忘れたのだろうか？

そのとき、携帯電話の音が長い沈黙に終止符を打った。ジャンフランコはこぶしを握り締め、それをジャケットのポケットに突っこみたい衝動と闘った。

自分の電話かと確かめる者は一人もいない。ジャンフランコ・ブルーニがこの手の中断を嫌っていることは全員が知っていた。

二度目の呼びだし音が鳴ったとき、ジャンフランコはジャケットのポケットから携帯電話を取りだし、ちらりと見てから、中座した。

「奥さまね」会議に出席していた唯一の女性が推測を口にした。

誰も異をはさまない。

一年前に結婚するまでは、ジャンフランコが会議の中断に関する彼のルールを無視することはなかった。それが、マスコミはむろん、社内の誰も招待されなかった結婚式を機に、大きな変化があった。ときどき仕事を休んでいるといううわさも含めて。もっとも、単なるうわさにすぎなかったが。

「奥さまが、社長の気分がよくなるようなことを言ってくれるといいけれど」

「そうだな。今日の午後はいつもの快活な社長じゃない」

「社長夫人に会った者はいるのか?」幹部の一人がきいた。

ざわめきがやみ、何人かがうなずく。そのうちの一人が言った。

「子供のためのホスピスができたとき、母に頼まれて開所式に連れていったんだ。ホスピスは夫人のアイデアから生まれたそうだ」

「パーティを専門としている夫人も、履歴書に何か書く必要があるんだろう。違うかい、リカルド?」

「ぼくも初めはそう思ったが、彼女は実際に活動していたよ」リカルドは思い出し笑いをした。「はだしで四つんばいになって子供たちと一緒に転げまわっていた」

「ジャンフランコ・ブルーニの愛人らしくないな」

「愛人ではなく、妻だ。たぶんそこが違うんだろう。だが、たしかに、これまでの社長の相手とはかけ離れている」

「しかし、外見は悪くないんだろう?」

「かわいらしい女性だった。赤毛に、緑色の瞳、そばかす……」リカルドが一つ一つ思い描くように言う。「それにすばらしくセクシーな声で笑う」

「リカルドはほれこんでしまったらしいな」

笑い声があがり、リカルドは顔を赤らめたが、否定もしなかった。

「ぼくは写真さえ見たことがない」別の幹部が言った。

ジャンフランコの突然の結婚によるもう一つの変化は、これまでゴシップ欄をにぎわせていた彼がカメラの前にほとんど姿を見せなくなったことだった。

「パーティ好きの女性じゃないらしいな?」

「イギリス人だろう？」閉まっているドアに目をやってからきく。上司のうわさ話をしているところを見つかったら、昇進に影響する。

「さあ。名前はイギリス人らしくない。たしか、デ……なんとかと言ったな」

「デヴラよ」女性が言った。

「モデルをしていたんじゃなかったのか？」

「どうかな。背はあまり高くない」リカルドが答えた。

「どこまで本当かどうかわからないけれど、わたしが聞いたところでは……」

女性が内緒話をするように声を落とすと、男性陣は身を乗りだした。

「奥さまはロンドンの病院で働いていたそうよ。社長とはそこで出会ったって。わたしの友達のいとこがその病院のスタッフなの」

「奥さんは医者なのか？」

「いいえ、看護師よ……爆破テロがあったとき、彼女が社長の息子さんの世話をしたとか」

一同は恐ろしい事件を思い出し、それぞれ何事かささやき合った。

「ロマンティックだわ」

女性が夢見るように言うのを聞き、会議の顔ぶれではいちばん若い男性が声をあげて笑った。

「ジャンフランコ・ブルーニはロマンティックな人間ではないよ。二年もたったら、新しいモデルと交換するさ」

ジャンフランコは携帯電話の画面を確認したが、デヴラからではなかった。会議室を出るまでは平然とした顔でいなければならない。

少なくとも会議室を出るまでは。

廊下に出ると、彼は歯をきしらせた。四十八時間もたつのに、ひとことの連絡もないとは！

意識を失って病院のベッドで寝ていることもありえる。押し寄せてくる不安と闘いながら、彼はこめかみにかかる髪をかきあげ、荒々しくため息をついた。

落ち着け。

額の髪を後ろに撫《な》でつけ、ネクタイを直す。

まったく、なんて女だ！

「やあ、ジャンフランコ！」

彼は聞き慣れた声に振り返り、口もとに無理やり笑みを浮かべた。ふだんならアンジェロ・マルティノスと会え、心から喜んでいただろう。それぞれ九歳と十歳のときにイギリスの名門私立小学校に入学して以来の親友だ。

「アンジェロ、いったいどうしたんだ?」

「万が一に賭《か》けたのさ。会議中だと言われたが」アンジェロは問いかけるように眉を上げ、友人の顔をうかがった。「あまりいい会議ではなさそうだな」

これが、いまアンジェロにだけは会いたくない理由の一つだった。彼の目をごまかすのは容易ではないし、親友には詮索《せんさく》する権利がある。

「それが会議ってものさ」幸せな結婚生活を送っているアンジェロには、妻から情け容赦のない仕打ちを受けるのがどんなにつらいか理解できまい。

アンジェロの妻であるケイトは、夫が白を黒と言えば黒だと信じるタイプだが、デヴラはすきを見つけては夫に食ってかかる。二人の妻は正反対だ。

「コーヒーでもどうだい?」

アンジェロは誘いながら、ジャンフランコの顎にできたかみそりの切り傷に目を留めた。それから靴下の左右が違うことに気づき、あからさまに眉を上げた。非の打ちどころのない優雅さ、それがこの友人を形容するためにしばしば使われてきた言葉なのに、この体たらくはどういうことだ? アンジェロはジャンフランコの顔に視線を戻した。

友人のいぶかしげなまなざしに気づいた様子もなく、ジャンフランコはただ首を横に振った。「いや、けっこうだ」

百人中九十九人が引き下がるような友人の口調にもかかわらず、アンジェロは平然と続けた。「今日は何もすることがなくてね。ケイトは彼女の母親と一緒に赤ん坊のための買い物をしている。ぼくは邪魔者というわけさ」

「すまない、今日は忙しいんだ。アルベルトからの電話を取るためにちょっと出てきただけでね。かけ直さないと」

「アルベルトは見違えるほど大きくなったな。十三歳で、百八十センチもあるそうじゃないか。もうすぐきみのほうが見あげる羽目になる」

「そうだな」百九十五センチのジャンフランコが見あげる人間はめったにいない。

「思春期はうらやましくないが。ぼくの経験から言うと、あれは地獄同然だ」

「きみが？」ジャンフランコは苦笑した。「信じられないな。きみの言う地獄にはすてきな女の子が大勢いて――」

「ぼくは、きみが袖《そで》にした女の子を引き受けただけさ」現実主義者のアンジェロが遮った。「きみの問題は、女性を必要以上に崇拝しようとするその性格にある」

まもなく二十歳《はたち》になるというとき、ジャンフランコは崇拝に値する女性を見つけたと思った。完璧《かんぺき》な顔だちと無邪気な瞳の持ち主で、地元のホテルのバーで働いていた。ジャンフランコはロマンティックな恋を夢想した。見かけほど無邪気な女性ではないと気づいたときはもはや手遅れだった。彼女はジャンフランコの哲学的な思索や感動的な詩より、彼の精力に関心があった。

女性は妊娠し、ジャンフランコは彼女と結婚して、二十歳で父親になった。当時の自分を思い出すとうんざりする。

「ぼくは一途《いちず》で愚かだった」

「きみはロマンティストだった」アンジェロが応じた。「そしてぼくは浅はかだった。だが二人とも年を重ね、賢くなり、幸せな結婚をした。先日はすばらしい週末を過ごさせてもらったから、お返しをしたくてね。十八日は空いているかな？　ケイトが知りたがっている」

「十八日……たぶん、空いている……いや、たしかじゃないな」

友人を見るアンジェロのまなざしが鋭くなった。ジャンフランコと知り合って二十五年になるが、彼が物事を不確実なまま放置したためしはない。

「はっきりしたら、ケイトに電話するようデヴラに言ってくれ。ところで、彼女は元気か？」

ジャンフランコは友人と目を合わせ、何食わぬ顔で嘘《うそ》をついた。「元気だ」視線を床に落とす。

まったくの嘘ではない、とジャンフランコは胸の内でつぶやいた。元気かもしれない。家を出ていってかえって元気になったということもありえる。旅行かばんを手に玄関に立ったときのデヴラの姿を思い出し、こめかみがずきずきした。

「どうかしているぞ、デヴラ」

デヴラは顎を上げ、目に涙を浮かべて、夫をにらみつけた。「あなたがかりかりする必要はないでしょう。わたしが何をしようと関係ないんだから」

「何を言っているんだ？」

「わたしなんかどうでもいいのよ。あなたの人生を通り過ぎていく一時しのぎの女、あなたの息子の責任を負うこともできない妻……要するに、わたしはベッドの相手にはいいけれど、あなたの子供の母親にはなれないということね」

「まったくばかげている。ぼくたちの結婚は一時しのぎなんかじゃない」

デヴラは眉をひそめて夫を見すえ、挑むように顎を上げた。「それなら、子供が欲しい？」

ジャンフランコは歯をきしらせた。「子供がいなくても充実した人生を送ることはできる。そう言ったのはきみだ」

デヴラはあざけるような目で夫を見すえた。「それは子供ができないと思っていたころの話よ」

「結婚したとき、ぼくが子供を求めないことはわかっていたはずだ。ぼくの考えは変わっていない」

「それが問題なのよ！　これ以上何も言うつもりはないわ。ここを出ていくわ」

玄関のドアを開けようとするデヴラの背中が震えている。ジャンフランコはわざと怒りをたぎらせ、彼女を抱き締めたいという衝動を抑えた。デヴラに近づき、そっと肩に手を置く。「きみに芝居の才能があることはよくわかった。だが、もう充分だ」

「さようなら、ジャンフランコ」デヴラは振り向きもせずに言い放ち、出ていった。

ジャンフランコはしばらくその場に立っていた。妻が出ていったとは信じられず、すぐに戻ってくると思っていた。わたしが悪かったわ、と言いながら。

ところが、彼女は戻ってこなかった。

デヴラはジャンフランコを置き去りにしていった。消すことのできない痕跡《こんせき》を家に残して。さらに消しがたい痕跡を彼自身に残したことは考えないようにした。

ジャンフランコは最初の結婚で、ロマンティックな恋愛は自己催眠の一種だというつらい現実を知った。だから再婚するとは思っていなかった。

しかし、デヴラが結婚以外の関係を受け入れなかったので、しかたなく夫婦となった。おまえはほかの形を取るよう、デヴラを充分に説得したのか？

内なる声に問われ、ジャンフランコはいらだたしげに眉をひそめた。彼が結婚を決意したのは、感情という当てにならないもののせいではない。結婚に関する長所と短所を比較し、長所のほうが大きいと結論づけたからだ。それに、当面はデヴラのいない人生を望んでいなかった。一方で、彼女に対する抑えがたい欲望はいずれは消えるだろうと踏んでいた。欲望の激しさに身震いしながらも、それに意味があるとは思わなかった。激情は長続きしないし、生涯の伴侶《はんりょ》との出会いを意味するものでもない。

結婚に対する考えは変わらず、夢と期待をいだいて挙式する者たちを哀れんでいた。結婚が契約であることを忘れてしまうから問題が生じるのだ。ジャンフランコは何があろうと契約を履行するつもりだった。そして、契約は長所と短所のバランスが変われば、解消することもできる。

結婚とはクリスマスみたいなものだ。期待が大きすぎると失望する。

二度目の結婚では、ジャンフランコの期待は現実的なものだった。デヴラが一年でルールを変えるとは思ってもみなかった。子供について話し合ったことがないわけではない。しかし、彼女があんなふうに考えているとは想像もしなかった。

いや、そんなはずはない、と頭の中で声がした。妻にイタリアの屋敷を案内していたときのことだ。

〝ここはぼくの子供時代の部屋だよ……書斎として使ってくれ〟

デヴラは部屋の隅にあった年代ものの子供用ベッドに触れた。彼女の顔に苦悩とあこがれが浮かんだが、ジャンフランコは気づかないふりをした。

〝すてきな書斎になるでしょうね〟

〝もちろん、好きなように改装したらいい。優秀なインテリア・デザイナーを知っている〟

〝インテリア・デザイナーに何を頼むの？〟

デヴラはからかうようなまなざしでジャンフランコを見あげた。その目にはもう悲しみはなかった。

〝インテリア・デザイナーがここに住むんじゃないのよ。家というのは……〟デヴラは真剣な口調で続けた。〝思い出で満たしていくものよ〟

屋敷には数多くの部屋があり、当時、すべての部屋で妻と愛し合うというのはすばらしい考えに思えた。しかし、いまはその甘い思い出がジャンフランコを苦しめていた。

「そういえば、この間はデヴラの口数が少なかったように思えたんだが……」

ジャンフランコは頭を振り、過去の残像を振り払って、目を上げた。たぶん神経症の患者さながらに床を見つめていたに違いない。彼はさりげなく肩をすくめ、アンジェロの目に浮かぶ疑念を無視した。

もし秘密を誰かに打ち明けるとしたら、アンジェロになるだろう。しかし、自分の問題を他人に話すのはジャンフランコの主義に反していた。

「少し疲れていたんだろう」

「九カ月前、ケイトも同じようなときがあった」

友人がにやりとしたのを見て、ジャンフランコは口もとをこわばらせた。「デヴラは妊娠などしていない」

アンジェロがエレベーターに乗りこんだ。「すまない。どうもいまのぼくは短絡的に考えてしまう」

ジャンフランコは握り締めていたこぶしをほどき、友人の気遣いになんとか報いようとした。「ケイトの様子はどうだ？」

「元気だ。デヴラによろしく伝えてくれ。早く疲れがとれるといいな」

ジャンフランコはうわの空でうなずいた。妻に会ったら、ほかに話すべきことがたくさんある。アンジェロの伝言はあとまわしになるだろう。

頭の中で妻に言うべきことを推敲《すいこう》しながら、自分のオフィスへ行き、息子に電話をかけた。少しぼんやりしていたせいで、ジャンフランコは初め、息子の言葉を聞き間違えたのかと思った。

「なんだって、アルベルト？」

「家出をしているところだって言ったんだよ」

6

家出中、か。

ジャンフランコは手で髪をすき、棚の鏡に映った自分の顔に目をやった。最愛の家族が続けざまに心配事を起こしても、一筋の白髪もない。だが、白いものがまじるのも時間の問題だろう。

「何かの冗談かな？」

そんなところに違いない。一族の伝統を破り、息子のアルベルトをフィレンツェにある学校に行かせた。今日は教師に引率され、ブリュッセルで開かれている議会の見学に行っているはずだ。

「いまカレーにいるんだ。あと数分でフェリーが出るけれど」

ジャンフランコは眼下の往来を窓越しに見やりながら、かぶりを振った。心配よりもいらだちが先に立つ。「おまえがいるのはブリュッセルだ」

「カレーなんだ」

しだいに心配がいらだちを押しのけ始める。「カレー？」

「言ったでしょう……家出をしているって」

ジャンフランコは胃が痛くなった。「本当にカレーにいるのか？」

教師に引率されてブリュッセルにいるはずの十三歳の子供が、どうしてカレーにいるんだ？

頭に浮かんだ誘拐の可能性はすぐに消えた。ジャンフランコは催眠状態から覚めたように目を見開き、息を吐いた。

「家出をしたのか？」なるほど、近ごろはやっているからな。

「そうだよ、言ったでしょう？　学校から連絡があったら、無事だと言っておいて。いまごろ、ぼくがいなくなったことに気づいているかもしれない」

「かもしれない？」一瞬ジャンフランコは、監督責任を怠った教師になんと言ってやろうかと考えたが、あとまわしにした。「どうやってカレーまで行ったんだ？」

「ヒッチハイクで」

息子の言葉にジャンフランコの血が凍りついた。「ヒッチハイクだと？」

父親の心配などおかまいなしに、アルベルトはいらだたしげに続けた。「父さんの考えはわかっているよ。でも、トラックの運転手さんは本当にいい人だった。変態なんかじゃなかった。十七歳だと言ったら、素直に信じてくれたしね」

ジャンフランコは怒りをこらえ、目をぐるりとまわして天井を仰いだ。悪夢としか言いようがない。

この種の問題で微妙な判断が要求されるのは、親ならみんな知っている。子供を真綿でくるんでおくか、待ち受けている危険など気にせず自由にさせるか。

「いいか、よく聞くんだ」ジャンフランコはゆっくりと言った。

「無理だよ。もうじき携帯電話の電池が切れる。心配しないで。自分の面倒は自分で見られるから」

「理由くらい教えてくれないか？」

「父さんはデヴラと離婚するかもしれないけれど、ぼくはいやだ」

「離婚！」ジャンフランコは電話に向かって大声で叫んだ。「離婚なんかしない」

「鼓膜が破れるよ。もし誰かにきかれたら、父さんよりデヴラと一緒に暮らすほうがいいと言うから」

「それはありがとう」ジャンフランコはそっけなく応じた。「だが、誰も離婚なんて言っていない」

「いまはね。でもこれから二人がどうなるか、天才でなくてもわかるよ。それで助けがいると思ったんだ」

「助けるために家出をしたというのか？」ジャンフランコは癇癪《かんしゃく》を起こすまいと努めな

がら、できるだけ早くイギリスに行く方法を考えた。

「家出をしてどこにっていうか、誰のところに行くと思う？　デヴラのところさ。つまり、責任ある親として、父さんはぼくを連れ戻しに来ないとだめだから、当然デヴラのところへやってくる。二人が再会したら、二十秒間は抱き合うだろうね」

さすがのジャンフランコも、こののんきな予言には開いた口がふさがらなかった。十三歳の子供にいいように振りまわされている。弱々しい笑い声がもれた。十八歳になったらどんな青年になるかと思うと、先が思いやられた。

笑い声を聞き、アルベルトはほっとため息をついた。「ぼくの計画を気に入ってくれると思っていたよ。そうだ、デヴラに電話をして、フェリーの着く港まで迎えに来てって言ってくれないかな。六時ごろに着くと思う。本当に電池がなくなってきた。また連絡する……」

電話が切れるや、ジャンフランコはすぐに携帯電話のボタンを押し始めた。

デヴラはスーがトレイに置いた袋からもう一つドーナッツを手に取った。「ふだんは食べないんだけれど」大きな口を開けてかぶりつく。

「糖分だって必要なだけ取らなくちゃ。同じ看護師仲間として忠告するわ」スーは自分も一つ手に取った。「彼はちょっと大げさに考えてしまっただけよ。時間をあげなさい、きっと子供の件は考え直すから。あなたを愛しているんだもの」

「それは勘違いというものよ。夫は愛しているふりをしたこともない。プロポーズのときですらね」感情がこみあげ、デヴラの声がかすれた。

スーは驚かなかった。「男性の中には、自分の感情をはっきり表現できない人がいるのよ」

デヴラは小さな笑い声をあげた。「彼は違うわ」

ジャンフランコははっきりしていた。特にロマンティックな愛情については頭ごなしに否定する。

明快さこそ彼が求めてやまないものだった。彼にとってはあいまいな感情など存在しないのだ。

「表現できるような感情を彼は持っていないの……少なくとも、わたしに対してはね」

最初のころデヴラは、夫は愛情そのものを信じられないのではなく、前妻と共有していたような愛情をもう一度ほかの誰かにいだくことに懐疑的なのだと思っていた。

夫を愛していたデヴラは、理性が発する警告の声を無視し、心に誓った。あなたはまた人を愛することができると彼に教えよう、と。

怒りがこみあげ、デヴラは三つ目のドーナッツに手を伸ばした。ジャンフランコはわたしの体のラインをしなやかな子猫にたとえていた。十キロ太ったわたしを見たら、さぞかしがっかりするだろう。いい気味だわ。そう思うと、食べるという行為が快感になってきた。「わたしにプロポーズをしたときも、愛してはいないと彼は言ったのよ」

スーは目を丸くし、首を左右に振った。「イタリア人の男性って、百人が百人ともロマンティストだと思っていたのに」

「彼はまだアルベルトの母親を愛しているの。美しくて、完璧《かんぺき》で——」

「待って、デヴラ」スーは遮った。「わかりきったことは言いたくないけれど、そのすばらしい人はもういないのよ」

デヴラは悲しげな笑みをたたえた。「幽霊と張り合おうとしたことがある?」

スーの表情がやわらいだ。「そんなふうに感じているのね?」

「サラは美しかったわ」

「あなただって!」

デヴラはいらだたしげにかぶりを振った。「かわいいんじゃなく、美しかったのよ」

「ご主人は亡くなった奥さんのことをよく話題にするの?」

デヴラは肩をすくめた。「いいえ、一度も」スーの表情を見て言い添える。「あなたも悪い兆候だと思うのね」

「必ずしもそうとはかぎらないわ」

「つらすぎるからだとカルラは言うの。サラは彼の心の友だった、と。けんか一つしなかったし――」

「わかったわ」スーはすばやく遮った。「彼にはつらい過去があり、息子までいるというわけね」打ちひしがれた友人を心配そうに見やる。「ああデヴラ、彼と結婚する必要があったの？　ただ体だけの関係じゃだめだったの？」

「彼もそう言ったわ」

スーは目を見開いた。「それで、あなたは？」

「わたしは……」デヴラはそこで言葉を切り、顔を赤らめた。「二十六歳のわたしがバージンだったから、彼は大騒ぎしたの」

「バージンだったの？」

驚きのこもったスーの声にデヴラは顔を上げた。

「ジャンフランコが初めての男性だったわけ？」スーはなおも尋ねた。

デヴラは唇を噛《か》み、うなずいた。

「まあ！」

二人が同時にドーナッツに手を伸ばしたとき、電話が鳴った。

スーが取ろうとするのを、デヴラが大声で制した。「取らないで！」

スーは肩をすくめ、ソファに戻った。

デヴラは奥歯を噛み締め、さらに十秒たってから受話器を取った。「もしもし」

「デヴラ」

低く甘い声はいらだっていたが、男声合唱団の中にまじっていても聞き分けられる声だった。デヴラは頭の中が真っ白になった。

「きみなのか、それとも無言電話がお得意の変質者か？」

デヴラは止めていた息を吐きだし、汗ばんだ手のひらを腿でふいた。

「もしもし、ジャンフランコ、お元気？」ついでに、お天気の具合でもきこうかしら。

「元気だと思うのか、いとしい人《カーラ》？」

夫のとげとげしい声に、デヴラは怒りがこみあげた。まるで苦しんでいるのは自分だけだと言わんばかりだ。「わかるわけないでしょう、なんの手がかりもないんだから。沈黙は解釈しようがないわ。わざわざ電話をかけてきてくださって、光栄よ」

長い沈黙があり、軽率なことを言ってしまったとデヴラが後悔しかけたとき、夫が口を開いた。

「つまり、寂しかったわけだな」

気取った物言いに、デヴラはかっとした。目の前にいたら平手打ちでも食らわすところだ。しかしそれもつかの間、デヴラは二人の間の距離を思い、小さなため息をもらした。住み慣れた母国に帰ってきたというのに、どうして寂しいのだろう？　わたしの故郷はもうイギリスではなく、ジャンフランコのいるところなの？　たぶんそうに違いない。

「寂しがっている暇などないわ。買い物をしたり、友達と会ったり。いまも出かけるところだったの。ぎりぎり間に合ったわね」

「ナイトクラブから千鳥足で出てくるきみの写真が、タブロイド紙に載るのかい？」ジャンフランコはすかさず皮肉った。

「ばかなこと言わないで！」言い返しながらも、デヴラは夫に会いたくてたまらなくなった。

「忙しい社交生活から、ちょっとばかり時間を割いてもらえないかな？」

デヴラは下唇を噛んだ。もし帰ってくるように言われたら、どうしよう？　二人の関係を終わりにしようという話かもしれない。そんな考えが浮かび、デヴラはパニックを起こしそうになった。「用があるなら、さっさと言って」彼が何を言っても、対処できるわ。

「頼みがある」

デヴラは目を閉じた。夫は離婚を切りだすつもりなのだ。全身の感覚が麻痺《まひ》したように、彼女は凍りついた。「メールを送ってくれたらよかったのに」そのうちメールで離婚ができるようになるかもしれない。

一転して、デヴラの胸に怒りがこみあげてきた。ジャンフランコに訴えたい。彼が何を捨てようとしているか、面と向かって指摘したい。わたしに愛され、あなたは運がいいと言ってやりたい。なのに、あなたはそれを失うのだ、と。

そして、わたしもすべてを失う。これからの人生、ジャンフランコの顔を見ることも声を聞くこともない日々が続くなんて。デヴラは胸を締めつけられた。

「メールだって？　何を言っているんだ？　いや、答えなくていい、時間がない。アルベルトの件だ」

「アルベルトの？」デヴラはきき返した。「離婚の件じゃないの？」

「離婚？」ひとしきり聞くに堪えないイタリア語で悪態をついたあとで、ジャンフランコは問いただした。「アルベルトと話をしたのか？」

スーが身ぶり手ぶりでさかんに何か伝えようとしている。デヴラは電話に集中しようと友人に背を向けた。「いいえ」

「アルベルトが家出をした」

夫がぶっきらぼうに口にした言葉をデヴラが理解するまでに数秒かかった。そして理解したとたん、彼女の顔から血の気が引き、体がぐらついた。

「嘘《うそ》でしょう、そんな、まさか……いつから？　警察は……」デヴラはスーが後ろに置いてくれた椅子に腰を下ろし、ささやくように言った。「気分が悪くて戻しそう」

力の抜けたデヴラの手からスーが受話器をさっと取った。「いったいデヴラに何を言ったの？　大丈夫かですって？　とてもそうは思えないわね」

「平気よ、スー、受話器を――」

「どこが平気なの」スーは遮り、再び受話器に向かってまくしたてた。「デヴラは気を失いそうになったのよ。まったく、あなたときたら、どうしようもないろくでなしなんだから」

デヴラはうめいた。スーはまったくの善意から事態をさらに悪くしている。ジャンフランコが普通の状況でろくでなしと呼ばれたら、どう反応するか想像がつく。でもいまは普通の状況ではない。息子が家出をしたのだ。

アルベルトに何かあったら、ジャンフランコがどうなるか、考えるだけでも恐ろしい。やっぱり彼のそばにいるべきだった。デヴラはふらふらと立ちあがった。気絶などしている場合ではない。

スーの猛攻が不意に止まった。「ああ、ごめんなさい。いつ……どうやって？」ジャンフランコの返事に耳を傾け、それから親友に向かって言う。「アルベルトは大丈夫よ、デヴラ。カレーから電話をかけてきたんですって」

デヴラはほっとしてスーから受話器をもぎ取った。「本当なの？　アルベルトは無事なのね？」

「無事だよ、いとしい人《カーラ》。もっとも、ぼくが息子をつかまえたら、ただではすまないがね」

容赦のない言い方にデヴラは弱々しく笑った。

「あいつは学校の社会科見学を抜けだし、カレーまでヒッチハイクで行ったんだ。フェリーから電話をかけてきた。イギリスに向かっているらしい」

「こっちに！　とにかく無事なのね。いったいどうしてそんなまねをしたのかしら?」デヴラはアルベルトほど純粋な少年を知らない。十代の苦悩とは無縁の子だ。「家出なんてアルベルトらしくないわ」

「十代の子供のすることなど、誰にもわかりはしないさ」

その口ぶりから、デヴラは夫が話してくれていないことがある気がした。またのけ者にされていると思うと、つらかった。「わたしにできることがあるかしら?」

「それで電話をしたんだ」

わたしの声を聞きたかったからではないのね。デヴラは落胆し、彼に求められたいと切望した。いまわたしが感じている痛いほどのむなしさを夫にも感じてほしい。どうかわたしを愛して。

次の瞬間、デヴラは後ろめたさを覚えた。わたしはなんて身勝手なのだろう。息子が家出をして、ジャンフランコはつらい思いをしているというのに。アルベルトは大人びて見えるけれど、まだ子供だ。しかも、愛する女性の忘れ形見なのだ。

「どんなことでも言って」デヴラは声に力をこめた。

「向こう見ずな申し出だな」

「心からの申し出よ。わたしもアルベルトを愛しているの」

「わかっている。息子もきみを愛している」

ジャンフランコの声に怒りがまじっていることに、デヴラは気づいた。「あの子のことは心配しないで。大丈夫よ」ほかに言うべき言葉がない。あなたを愛しているとは決して言えないのだから。

「エドゥアルドを車でそっちに向かわせる。アルベルトは三十分ほどで着くから迎えに行って、フェリーから降りてきたら、ひとまずロンドンの家に連れていってくれないか？」

「ええ、もちろん」

「ぼくもできるだけ早く行く」

「わかったわ。またそのときに」デヴラは彼にならって事務的な口調を心がけたが、うまくいったとは言いがたかった。唇を噛みながら受話器を置き、スーのほうに向き直る。

「だいたいわかった？」

友人はうなずいた。「ジャンフランコがこっちに来るまで、子供を保護するのね」

デヴラはうなずいた。

「そのあとは？」

「そのあとは……」デヴラはほっそりした肩をすくめた。「わからない。三十分ほどでアルベルトが着くの。荷物をまとめなければ」

「旅行かばんなら、わたしの寝室よ」

「ありがとう」

スーは寝室までついていき、かばんの中身を調べるデヴラを眺めた。「戻ってこないつもり？」

「場合によりけりね」

「ジャンフランコを取るか、子供を取るか？」

あからさまに言われ、デヴラの顔が青ざめた。

「あなたが子供を欲しがっているとは知らなかったわ。いまの状況を納得していると思っていたのに」

「納得していたわ。少なくともそう思っていた」デヴラは顔にかかる髪をかきあげた。

「これまでその人の子供を欲しいと思う男性に出会った経験がなかったからかもね」

「本当に彼を愛しているのね」

デヴラは笑い声をあげ、旅行かばんからスカーフを出して、髪をうなじでまとめた。

「皮肉な話だわ。それに気づいていないのは彼だけだなんて」

「彼には言わないつもり？」

デヴラは思いやりに満ちた友人を見やった。「彼がいちばん聞きたくないことよ」

「わたしは聞かせたほうがいいと思うけれど。ところで、不妊治療はどうするの？」

「忘れないといけないわね」

「できるの？」

デヴラの顔が苦痛にゆがんだ。「簡単ではないけれど。望みがないとわかってあきらめるほうがずっと簡単だったわ。でも、いまは……」涙があふれ、言葉を継げない。

不妊治療の専門医を訪ねたことで、以前には考えてもみなかった妊娠の展望が開けたのだ。

ジャンフランコと出会うまでは、わたしは不妊という現実を受け入れているつもりだった。子供だけが人生ではない、女性としての価値が下がるわけでもない、と。

でも、ジャンフランコの目にはどう映っているのだろう？　デヴラは自問しないわけにはいかなかった。彼はアルベルトにとってすばらしい父親だ。もっと子供が欲しいはずだし、子供を産める女性を望んでいるに違いない。

ただし、わたしの子供は欲しくないのだ。

「自然妊娠の可能性はほとんどないの。不妊治療の専門医の言葉を借りると〝奇跡の領域に入る〟らしいわ」

「もう専門医に診てもらったの？」

友人が驚くのも無理はない。デヴラはこれまで、妊娠の可能性が低い体外受精の治療を繰り返し受ける女性の気持ちが理解できない、と言っていたのだから。

「たしかに、つらい思いをするつもりはないとあなたに言ったわね。でも、あのときのわたしには可能性がなかったから」デヴラは続けた。「ドクターも楽観視はしていないけれど、新しい治療法の臨床試験を受ける女性を探しているの。でも、無理ね」デヴラは旅行かばんのファスナーを閉め、肩にかけた。

わずかな可能性を信じて結婚生活を台なしにされるのはたしかに不本意だ。けれど、だからあきらめるのも簡単というわけでもない。

「結婚は妥協よ」デヴラは自分に言い聞かせるように言い、ドアへ向かう途中で振り返った。目には涙が浮かんでいる。「彼に近づけたように思っても、そのたびに彼はわたしを突き放すの。彼はわたしのことなど愛していない……」口にしたとたん後悔し、デヴラはスーから目をそらした。「階下《した》でエドゥアルドを待つわ」

階段を下りる途中で、スーの声がコンクリートの壁に響いた。

「彼はあなたを愛しすぎて怖がっているのかも。いえ、ちょっとそう思っただけよ……」

スーは思いやりから言ってくれたが、ジャンフランコのことを知らないのだ。彼は何かを怖がったりする人ではない。

リムジンが待っていた。デヴラの姿を認めた運転手は、すぐに飛びだしてきて旅行かばんを受け取り、体調について礼儀正しく尋ねた。

「大丈夫よ。ありがとう、エドゥアルド」

後部座席に乗りこむと、デヴラは初めてこの車に乗ったときのことを思い出した。何もかもが初めての日だった。リムジンに乗ったのも、男性と関係を持ったのも初めてだった。

どちらも計画的な行動ではなかったけれど、バージンを失うにはいい日だと思った。ほかに体を許してもいいと思う男性はいないし、リムジンを持っている人なら申し分ないじゃない、と。

7

その日はいやな出来事から始まった。デヴラが担当していた患者で、心臓の手術を終えて快方に向かっていた老人が突然亡くなったのだ。

勤務明けに更衣室でおしゃべりをする気にもなれず、デヴラはバス停に急いだ。正面玄関を出ると、雨が降っていたので、彼女は足を止めてコートのフードを上げた。向かい側にあるバス停に向かって交通量の多い道路を渡ろうとしたとき、誰かに肩をたたかれた。

振り返ると、高価な革ジャケットについているボタンが目に入った。ジャケットの下が淡いグレーのカシミアのセーターであることは知っていた。

デヴラはあえぎ声をもらすまいと努めながら顔を上げた。そして、魅力的な黒い目と視線が合ったとたん、興奮物質《アドレナリン》が体内を駆け巡り、一日の疲れが吹き飛んだ。

アドレナリンのせいだとデヴラは思いたかった。女性ホルモンのせいなら、厄介なことになる。

この一週間、デヴラは毎日ジャンフランコ・ブルーニと顔を合わせた。自分の縫合した傷が順調に治っていく過程も、彼が息子を献身的に看病する姿も、わずかな睡眠しかとらずに平然としている様子もつぶさに眺めた。

息子のベッドの傍らで三十六時間座り続け、ようやくその場を離れたと思ったら、シャワーを浴び、髭《ひげ》をそり、服を着替えて戻ってきた。髪はぼさぼさで服には血痕《けっこん》がついていても、ジャンフランコは誰よりハンサムだった。しかし、身なりをきちんと整えた彼は並外れてすてきだった。

ジャンフランコの存在が院内に知れ渡ってからは、さして用もない人間が周囲をうろつくようになった。しまいに主任看護師のジョンが、救急病棟は動物園ではないと彼らを追い返さなければならなかった。

ジャンフランコは短時間しか病院を離れなかったが、それでも彼の旺盛《おうせい》な活力が損なわれることはなかった。

「あら、ミスター・ブルーニ」髪が頭にへばりついているのを見ると、しばらく雨の中を立っていたのだろう。

「ジャンフランコだ」彼は訂正し、問いかけるように眉を上げた。

彼の圧倒的な存在感にうろたえていたデヴラは何も答えられず、ひたすら肩に置かれた手を痛いほど意識していた。

「そう言っても間違いではないわ、ミスター・ブルーニ」

「ジャンフランコだ」

「誘ってくださってありがとう、ミスター・ブルーニ。でも、たまたま会ったからといって、食事に連れていってくださらなくてもいいんです。患者のご家族の方はたいてい、感謝のしるしにキャンディをくださるわ」

「あいにくキャンディを切らしているものでね」ジャンフランコは手のひらを広げてみせた。

デヴラの視線が彼の長い指に移る。

「それに、たまたまではない。きみを待っていた」

デヴラは彼の顔に視線を戻した。「なぜ？」不安が下腹部へと広がっていく。

「普通、男性がきみを待つのはどうしてだと思う、デヴラ？」

「男性に待たれることなどないわ。それから、その呼び方はやめていただけないかしら？」

「きみの名前じゃないのか？」

「あなたに言われると、別人のように聞こえるの」

「そいつはいい。別人のように行動して、車に乗ろう」

デヴラは彼の視線を追った。「車って？」どうして気づかなかったのだろう？　大型のリムジンがすぐ近くの縁石に寄せて止まっていた。

彼の手が再び肩に置かれるのを感じたものの、少しの間なら差し支えないだろうとデヴラは思った。

「元気づけが必要だ」

二人の目が合った。彼の穏やかなまなざしにはデヴラの抵抗力を弱める力があるらしい。

「元気づけは必要ないわ」デヴラは身を離しながら言った。「本当に」

「ぼくには必要なんだ」ジャンフランコはなおも言った。「本当に」

彼の声の何かが、腕を引こうとしたデヴラの動きを止めた。彼女はゆっくりと目を上げた。彼の目の下にできた隈《くま》や、口のまわりに刻まれたしわに初めて気づき、心配そうに眉を寄せる。愛する者が危篤状態になったとき、祈りやカフェインの力で緊張と不安を乗り越える人もいる。ところが、その危機が去ったあとで、一種の精神的な揺り戻しに襲われ、衰弱してしまう例もよく見られた。

「ずいぶん疲れていらっしゃるのね」この男性の心配などしなくていいのよ、と内なる声が戒める。

「気分転換も悪くない。きみの助言を聞き入れたら、喜んでもらえると思ってね。ここ何日か、あの優秀な主任看護師を通してそう伝えさせただろう？」ジャンフランコは指摘した。「繊細な男なら、きみがぼくを避けていると思ったかもしれない……」

「男性からの助言のほうが受け入れやすいと思ったから、主任に頼んだにすぎないわ」

「ぼくは強い女性が苦手だと思っているなら、とんだ見当違いだ。ぼくは、自分の求めているものを知り、男性にそれを言える女性が好きだ」

デヴラははっとした。もしかして、これはベッドでの営みのことをほのめかしているのかしら？

「ぼくの経験では、しかるべき状況にいる女性の指示を聞くのがいちばんだ」

ああ、やっぱりそうだわ。デヴラは下腹部の危険な高ぶりを無視し、冷静なまなざしで彼を見すえた。だが冷静でいられたのも、黒い目の奥で激しく燃える炎を見るまでのことだった。「そんな目で見ないで」

病院の中では自制心を保っていたが、外では身を隠すことのできる制服や名札はなかった。二人の立場が逆転し、デヴラはおびえた。

「なぜだい？」

「そういう目で見られるのが好きじゃないからよ」まったくの嘘《うそ》ではない。

「一緒に食事をしよう」

「わたしは楽しい相手じゃないわ」

「かまわない。そんなに硬く考える必要はないさ」

デヴラは笑いだしそうになった。ジャンフランコのそばで硬くならないでいるのは不可能だ。

「きみはおなかがすいている。ぼくもだ……それだけのことだ」

ジャンフランコは運転手にイタリア語で話しかけてから、リムジンの後部座席のドアを開けた。

ひと呼吸おいて、デヴラは車に乗りこんだ。食事をするだけだし、少しは危険を冒さないといけない場合もある。それに、家には電子レンジ用の冷凍食品しかない。

「まあ、わたしのキッチンより広いわ！」車内のあまりの豪華さに、デヴラは思わず大きな声をあげた。「環境問題にはちっとも配慮していないみたいね」これだけ大きい車になると、二酸化炭素の排出量も相当なものだろう。

「配慮しなければ、実業家としては無能だ――」

「それに、〝冷徹な天才〟でなければ実業家として大成しない」デヴラは口をはさんだ。

ジャンフランコはかぶりを振り、悲しげにほほ笑んだ。「新聞の日曜版の引用は墓場までついてきそうだな」

「これが天才の移動方法なの？」

「ぼくは天才ではない。それに、ふだんはヘリコプターを使うほうが多い」

デヴラは思わず笑みを浮かべた。「〝冷徹〟のほうはどう？」好奇心から尋ねる。

すると、ジャンフランコの顔にカリスマ的な笑みが浮かんだ。「それは相手によるな」

「いまの相手はわたしよ」

「きみはどう思う?」

「あなたは素直に答えない人だと思うわ。政治家に向いているかも」

「きみは、くだらない見出しの陰に隠れている男の真の姿を知りたいんだな?」

デヴラは首を横に振った。「そんな時間はないわ」ジャンフランコはとても複雑だから、欠点を探しだすだけでかなりの時間を要するだろう。「一回きりの食事なんだもの」

ジャンフランコの黒い目が見開かれた。そのとたん二人の目が合い、デヴラの胃はひっくり返りそうになった。

「一回きりにしなくてもいい」

デヴラは緊張をやわらげるために笑おうとした。しかし、声帯が麻痺《まひ》してしまい、かすれ声さえ出てこない。

「いまこの場で決めつけることもあるまい。今夜の成り行きを見てから考えよう」

8

今夜はどんな成り行きにもならない、とデヴラは言いたかった。だが、彼女の血は興奮に沸きたち、胸は高鳴っている。鼓動が彼に聞こえるのではないかと思うほどだった。

しばらくして車が急停止し、デヴラは前に投げだされた。仕切りのガラスに衝突すると思い、叫び声をあげて目を閉じた瞬間、鋼のような腕が腰にまわされ、シートにしっかりと引き戻された。

仕切りが開けられ、運転手がすまなそうな顔をのぞかせる。「申しわけありません。犬が飛びだしてきたものですから」雇主よりもイタリア語なまりが強いものの、見事な英語で説明する。

「轢《ひ》かずにすんだのか？」

運転手はうなずいた。「お二人ともシートベルトをなさっていて幸運でした」

「ああ、とても幸運だった」ジャンフランコは皮肉を言い、後ろめたそうなデヴラの顔を冷ややかに見下ろした。

ゾットのこつはスープストックだな」

ジャンフランコが袖《そで》をまくりあげた。デヴラが彼のたくましい腕に引きつけられるのはこれで二度目だ。

「何か手伝いましょうか？」彼の足もとにひざまずくとか？　デヴラの頭の中で皮肉な声がした。

「コートを脱いで、ワインを用意してくれないか。ワインクーラーは左だ」ジャンフランコはガラス戸のある棚のほうに頭をかしげた。「あとはくつろいでくれ」彼は食材をのせたテーブルのわきにある椅子を引いた。

デヴラは脱いだコートをその背にかけ、膝をついてワインクーラーを開けた。「どれにするの？」ワインボトルがずらりと並び、何を選べばいいのか見当もつかない。

「目を閉じて適当に選べばいい」言い終えるなり、ジャンフランコはプロ並みのスピードでたまねぎをみじん切りにした。「コルク抜きだ」右側の引きだしから取り、デヴラに投げる。「お見事」彼女が手を伸ばしてつかむのを見て、彼は目を細めた。

デヴラはワインのコルクを開け、グラスについだ。そして椅子に座り、テーブルに片肘をついてワインを飲みながら、ジャンフランコの見事な手さばきを眺めた。

まもなくキッチンにいいにおいが漂い始め、デヴラは思わずつぶやいた。「おいしそう」

ジャンフランコが目を上げた。「おなかがすいたかい？」

デヴラはうなずいた。実際、空腹だった。彼を見るたびに胃がざわめくのは、それとはまた別の話だ。

「よかった」ジャンフランコはスプーンで味見をし、満足げにうなずいた。「もうじきできる。テーブルの用意をする間、かきまぜてくれないか。心配はいらない、嚙《か》みつかないから」けげんそうな表情でスプーンに目を向けるデヴラを、彼は愉快そうに見つめた。

スプーンを受け取るときに軽く手が触れ合い、デヴラは背筋がぞくぞくした。

「そう、ずっとまぜていてくれ」

わたしはここで何をしているの？　デヴラは自問せずにはいられなかった。ここはわたしのいるべき世界ではないのに。

「座って」ジャンフランコはデヴラのために椅子を引いて座らせてから、どこからか持ってきたろうそくをともした。これで音楽が流れていたら、昔ながらの誘惑の場面だ。

この時点で、デヴラはドアに向かって走りだすべきだった。けれど走らなかった。鼓動が速くなり、呼吸さえままならない。

誰が見ても、わたしは誘惑されたがっていると思うだろう……。

いいえ、違う。デヴラはかすかに首を横に振り、否定した。わたしは成り行きに身を任せたことなど一度もない。

「こんなに手間をかけてくださらなくてもよかったのに」デヴラはろうそくの揺らめく炎

を当惑の面持ちで見つめた。

「とんでもない」

ジャンフランコの口もとに意味ありげな笑みが浮かんだ。彼はわたしが何を考えているか知っている、とデヴラは思った。

「だが、これほど手間をかけたのだから、ぼくの労作を賞味してくれなくては困る」

デヴラは目を合わさないようにして彼にほほ笑み、腰を下ろした。

食事をして帰ればいいのだ。なんでもないまなざしやあいまいな物言いにわたしは過剰に反応している。存在しないものを見てはいけない。

ジャンフランコは向かいの席に座った。

彼がデヴラのグラスにワインをつぎ足そうとしたので、彼女は首を振って断った。「わたしはもういいわ」

ジャンフランコも自分のグラスにつぎ足そうとはしなかった。フォークを取ろうともせず、肘をテーブルにつき、組んだ両手に顎をのせて、デヴラがリゾットに口をつけるのを待っている。

「どう?」

「おいしいわ」デヴラは正直に答えた。「今夜は病院に戻らないの?」

彼はうなずいた。「アルベルトが一人で大丈夫だと言い張り、ぼくを追い払ったんだ」

「彼がいちばんしっかりしているわ」

食事の間、二人の会話はとりとめのない話題に終始した。しだいにデヴラの防護壁にひびが入り、緊張も消えていった。それでも、目の前にいるのは欲しいものはなんでも手に入れるジャンフランコ・ブルーニなのだ、と強く意識していた。

もし彼の欲しいものがわたしだとしたら？

デヴラは思わず息をのみ、椅子を押し倒しそうな勢いで立ちあがった。「楽しい夕食だったわ。どうもありがとう。そろそろおいとましなければ」

ジャンフランコはナプキンを置き、優雅に立ちあがった。テーブルをまわり、デヴラに近づく。「まだ早い」

デヴラはその場に釘《くぎ》づけになった。ジャンフランコは体温が伝わってくるほど間近にいた。

「本当にもう……」

彼が親指で下唇に触れてくると、デヴラはびくっとして目を見開いた。

「きみの唇は、とても柔らかくて魅力的だ」

二人の視線が絡み合う。彼の黒い目に情熱と渇望が浮かんでいるのを見て、デヴラの背筋を官能的な衝撃が走り抜けた。

「今夜はあなたの考えているようにはならないわ」デヴラは手を自分の胸に添えて言った。

その手の下で心臓が激しく打っている。

ジャンフランコは眉を上げた。「じゃあ、どうなるのかな?」

デヴラはかぶりを振り、なんとか呼吸を整えようとした。「わたしは一夜かぎりの関係を持つような女ではないの」

「一夜では物足りないと?」

喉からかすかな泣き声がもれそうになり、デヴラは甲高い笑い声をあげてごまかそうとした。「わたしと一緒にいるところを見られたら、あなたの評判に傷がつくわ」

「ぼくは世間の目など気にしないし、ぼくがきみと一緒にいたいのはベッドの中だ」

ジャンフランコは首をかしげ、真っ赤になったデヴラの顔を見つめた。

「びっくりさせたかな? こういう話をするのは不愉快なんだね」

「いまの話は何もかも不愉快だわ」

「お天気の話でもしたいのかい? それもいいが、頭の中ではベッドのことを考えるだろうね」

デヴラは顎を上げ、ジャンフランコをにらみつけた。「それはあなただけでしょう」

「がっかりだな。きみが偽善者だとは思っていなかった」

身を硬くして立っていたデヴラは腹立たしげに言い返した。「わたしは偽善者じゃないわ。それに欲求不満でもないの」

実際のところ、デヴラは自分の欲望など意識した経験はなかった。少なくとも、今日ジャンフランコから声をかけられるまでは。いまは違う。彼の服をはぎ取りたいという衝動をこらえるため、両手を握り締めている。

ジャンフランコが顔を寄せてきたので、彼の息がデヴラの頬の産毛をそよがせた。「きみはぼくを求めている」低く深みのある声で言う。「そしてぼくがきみを求めていることも知っている。きみはそれを喜び、ぼくはきみを喜ばせる」

デヴラは首を横に振った。押し寄せてくる強烈な感情におびえながら。

「この一週間、ずっときみにキスをしたかった。きみさえよかったら、いまキスをする……」

ジャンフランコの魅力的な声にデヴラの体の奥が震えた。許可を求めているのではない。彼はただ、わたしの欲望に火をつけようとしているだけだ。いままで女性にノーと言われたことなど一度もないはずだもの。

これは彼にとって行きずりの関係にすぎない。わかってはいても、彼が欲しくてたまらない。デヴラは最後にもう一度意志の力をかき集めて、帰るそぶりを見せた。「本当にもう遅いから」我ながら心もとない声で言う。

「なぜ急ぐ？　明日は朝の勤務がないのに」

「なんで知っているの？」

「調べた」

「どうしてそんなことを?」

ジャンフランコは笑みを浮かべ、彼女の頬を人さし指でなぞった。「情報は力だよ、デヴラ」

彼の手が下ろされてもなお、デヴラの頬はうずいていた。

もっと触れてほしい。

デヴラは顎をぐいと上げ、ジャンフランコの言動をおもしろがっているふりをした。

「わたしを支配しようとしても無駄よ」

「ぼくはきみの小さな手に支配されてしまった」ジャンフランコは彼女の手首をつかみ、握り締めた手を花びらのよう開いていった。「きれいな手だ」

彼に触れられ、デヴラの理性は修復不能なほどに損なわれた。彼女は大きく見開いた目に恐怖と期待を浮かべ、震えるようなため息をついた。「本当は帰りたくないの」

ジャンフランコの目の奥で何かが燃えあがった。「だったら、ここにいるといい」

「でも、あなたのことが好きなのかどうかよくわからない」

ジャンフランコは陽気に笑った。「気休めになるかどうかわからないが、最初の二十四時間はきみのことが好きではなかった」

「あなたはそれをうまく隠せていなかったわ」デヴラはほほ笑もうとしたものの、できなかった。

「だが、好きではなかったときも、きみとベッドをともにしたいと思っていた」ジャンフランコは苦笑した。「また驚かせてしまったらしいな」

デヴラは目を伏せた。「あなたとこんな会話を交わしている自分自身に驚いているわ」

デヴラが苦しげな息を吐くと、ジャンフランコは身を乗りだして顔を寄せてきた。彼の長いまつげの先端と褐色の肌のきめ細かさまで見える。彼がさらに近づいてくると、動悸《どうき》が激しくなった。

ジャンフランコが唇を重ね、執拗《しつよう》に押しつける。下腹部がこわばり、デヴラは思わず唇を開いた。間髪を入れず、彼がキスを深めると、デヴラは声をもらし、彼の肩をつかんでやみくもにキスを返した。

「なんてことだ《ディーオ・ミーオ》！」ようやく二人の唇が離れたとき、ジャンフランコはデヴラの顔をのぞきこみ、感極まったように叫んだ。「きみはぼくの想像どおり、いや、それ以上だ」

彼の目の中で欲望がたぎるのを認め、デヴラは頭がくらくらした。再び、ジャンフランコの唇がデヴラの柔らかな唇を求めてからかうように動く。同時に彼の手が胸のふくらみに触れ、デヴラの膝から力が抜けていった。

「充分じゃないわ」数分後、彼女はうめくように言った。

ジャンフランコは唇を離し、紅潮した彼女の顔を見つめた。「何が充分じゃないんだ？」

「あなたよ」ため息をつき、彼の唇にキスをする。

「もっとぼくが欲しいというのか?」

デヴラはうなずいた。「あなたのすべてが欲しいの」次の瞬間、彼の手で抱きあげられ、デヴラは小さな叫び声をあげた。「どうするつもり?」

ジャンフランコはそのままドアのところまで行き、足で蹴《け》り開けた。「初めて愛し合うのに、キッチンのテーブルの上はそぐわない」

「場所なんかどこでもかまわないわ」

いまの言葉は本当にわたしが口にしたの？　デヴラは信じられない思いがした。

9

ジャンフランコはデヴラを抱いて階段を二段ずつ駆けあがった。彼のひどく荒い息遣いは疲れのせいとは思えなかった。再びドアが足で開けられ、彼の寝室に入ると、まず巨大な四柱式ベッドがデヴラの目を引いた。

ほかの調度もさぞかし逸品ぞろいに違いない。しかしデヴラの頭の中は、自分をベッドにそっと横たえた男性のことで占められていた。

照明をつけ、ベッドに膝をついたジャンフランコは、シャツを脱いでいった。

デヴラは息をのんだ。固く引き締まった褐色の上半身にはまったく贅肉《ぜいにく》がない。

彼に触れたかった。素肌を感じ、味わい、彼の手を体に感じたかった。高まる欲望を満たしてほしいと口に出していることにデヴラが気づいたのは、彼がベルトの留め金を外しながら、かすれた声で言ったときだった。

「もうすぐだ、いとしい人《カーラ》。もうすぐだから……」ズボンを下ろす間も、ジャンフランコはデヴラの顔から目を離さなかった。

やがて彼はボクサーショーツ一枚になった。力強い興奮のあかしは隠しようがない。彼は片肘をつき、デヴラの隣に引き締まった体を横たえた。それから彼女の顎の線に沿ってキスを浴びせつつ、ブラウスの裾《すそ》に手を伸ばした。

デヴラは体をひねり、彼がブラウスを脱がせるのを助けた。

ほてった肌に空気がじかに触れるのを感じながら、両手を彼の腹部に押し当てる。なめらかな肌の下で筋肉が収縮し、胸をときめかせたとき、デヴラは彼の右の腰骨あたりにあざがあるのに気づいた。「あざがあるわ」青あざを指でなぞる。「痛かったでしょうに」それを隠したまま徹夜で看病を続けた彼を暗に責める。

「いや」ジャンフランコは彼女の手を取り、下へと導いた。「ここが痛くてたまらなかった」ささやくように言う。「いまも痛い」

デヴラの手の中で彼の欲望のあかしが熱く張りつめていた。それはデヴラの手だけではなく、心まで満たし、我を忘れそうになるほど彼女の感情を高ぶらせた。

「ぼくに必要な治療はきみだけだ。きみの体の中でしかぼくの苦痛は癒《いや》されない」

デヴラの上になった彼は、白いレースのブラジャーを押しあげる胸のふくらみに見入った。興奮のあまり彼の頬が紅潮する。

「バージンの白だな」ジャンフランコは一緒に冗談を楽しもうとでもいうようにデヴラに笑いかけ、フロントホックを外してブラジャーを取り去った。

たいした冗談だわ！

デヴラが思わず身をこわばらせたとき、彼の両手が胸のふくらみを覆った。信じられないほどの快感に、たちまち不安が薄れていく。

目を閉じると、イタリア語なまりの強くなった彼の声が聞こえてきた。完璧《かんぺき》だと言うその口ぶりは、自分が発見したものに感激しているようだった。

彼の親指が胸の先端をなぞり、唇がそれに取って代わると、デヴラの不安はすっかり消えた。

喜びに震え、かすかな愛撫《あいぶ》にも全身で応《こた》えていた彼女は、ジーンズに続いてショーツを脱がされたことにも気づかなかった。やがて彼の手が脚の付け根に滑りこみ、熱くなった中心部を探り始めた。

そして、閉じたまぶたにそっとキスをされ、もっとも敏感な部分に触れられたとたん、デヴラは身を震わせた。脈打つ喉の奥から驚きと喜びの声がもれる。やがて、これまで経験したことのない高みへといざなわれたものの、のぼりつめる寸前に彼女は引き戻された。

「ああ、わたしったら……」

「きみはすばらしい。ぼくたちの相性は完璧だ」ジャンフランコは体をずらし、デヴラの腹部にキスをした。「これも」デヴラの腿の間に膝をついて続ける。「すばらしいものになる」

彼のつややかでたくましい体を見て、デヴラはため息をついた。彼ならどんなことでも完璧にこなすだろう。でも、わたしはジャンフランコの期待に応えられるかしら？　にわかに心配になり、彼女は眉間《みけん》にしわを寄せた。

「なんとしてもきみをぼくのものにしなければ……デヴラ、きみのせいで頭がどうにかなりそうだ」

デヴラは彼の首に腕をまわし、身を反らして、胸のふくらみを彼の胸板に押しつけた。ジャンフランコがゆっくりと中に入ってくる間、デヴラは彼の熱い息を首筋に感じていた。彼の下で体を弓なりにして、驚きのため息をもらす。

「ああ、お願いだ！《ペル・アモール・ディ・ディーオ》」

ややあってジャンフランコの苦しげな懇願に気づいたデヴラは、彼の腰に脚を巻きつけ、汗に濡《ぬ》れた肩にしがみついた。そして、次々と襲いかかる快感の波に翻弄《ほんろう》された。

「すばらしいわ、あなたは……ああ……」ジャンフランコがさらに奥深くへと入ってくるや、デヴラはあえぎ、ひたすら彼の名を呼んだ。

やがてデヴラは絶頂に近づいた。ジャンフランコが自制をかなぐり捨て、うめき声をあげて動きを速める。そして二人は同時にクライマックスを迎えた。

「ああ、ジャンフランコ！」デヴラは両手で彼の顔を包み、熱いキスをした。「わたしがどんなに喜んでいるか、わからないでしょうね！　あなたはすばらしいわ」

奇妙にも、ジャンフランコは呆然《ぼうぜん》としているように見えた。だけど、わたしが彼の何を知っているというの？　たぶんこれが男性の普通の反応なんだわ。デヴラは彼の腕の中で体を丸め、満足げなため息をもらした。

「着きました」エドゥアルドがデヴラに告げ、腕時計を見た。「あと五分でフェリーが到着します。わたくしが坊っちゃんを迎えにまいりましょうか？」

デヴラは官能的な思い出をなんとか断ち切り、現実に返った。かぶりを振り、震える手を熱い頬に当てる。それから、落ち着きを取り戻そうと咳払《せきばら》いをした。

「ありがとう、エドゥアルド。わたしが行くわ」

いまのデヴラには新鮮な空気が必要だった。

デヴラが車から降りたころ、ジャンフランコの運転する車は高速道路の追い越し車線を走っていた。ジェット機は息子より早くイギリスに着いた。ひどい渋滞がなければ、家出をした妻子が到着する三十分前にはロンドンに着くだろう。

妻や息子との口論は避けられまいと思い、表情が険しくなる。デヴラの無謀な行動について考えるたび、ジャンフランコは怒りに駆られた。彼女は間違っている。だが、自分にも非があることはわかっていた。

結婚当初から、ジャンフランコが与えたいと思う以上のものをデヴラが望んでいることは知っていた。ただし、それがかなわぬ望みであることは彼女もわきまえている。そして彼は、デヴラに欲望以上のものを感じていると認めたことはない。

なのに、結婚するなんてあまりに身勝手じゃないか？　ジャンフランコはその分別くさい声を脳裏から追い払った。

身勝手どころか、デヴラが求めるものはなんでも与えた。とはいえ、彼女はホスピスを始めるための援助と助言以外は何も求めなかったが。

もしデヴラが自由の身にしてほしいと言ったら、応じるのか？　そうだ、彼女にふさわしい男を見つけさせればいい。

そして口のうまい無節操な男の餌食《えじき》にさせるわけか？　ジャンフランコは鼻を鳴らした。

少なくともぼくといれば、デヴラは安全だ。

問題は彼女が寛大すぎることだ。何もかもぼくに与えてしまったのだから。

彼女がバージンだったとわかったときの驚きはいまも忘れられない。最初はショックで呆然としていたが、すぐに男としての満足感といとおしさがこみあげてきた……。ジャンフランコの意識は過去をさかのぼっていった。

デヴラを腕に抱き、バージンだとは考えもしなかったと告げると、彼女は悲しげに顔をしかめた。

「気づいたのね。たぶん気づくとは思ったけれど」

「本当にそうなのか？　きみは二十六歳だろう」ジャンフランコはつぶやくように言った。

「ぼく自身、自分は奥手だと思っていたが」

デヴラは寝返りを打ち、初体験を終えたばかりの女性らしからぬ大胆さでジャンフランコに身を寄せた。汗で濡れた胸を指でなぞり、彼の両脚にほっそりした腿を絡める。

「あなたは何歳のときに？」デヴラはなまめかしいため息をつき、柔らかな体を彼に押し当てて揺らした。「ああ、本当にすてき」

デヴラにつられてジャンフランコも幸福な気分になった。

「眠ってしまうの？」

「いや、眠らないよ」彼は笑って請け合った。

女性と一緒にベッドの中にいて声をあげて笑った記憶はない。情事のあとでからかったり、寄り添ったりする習慣もなかった。ジャンフランコの中のロマンティックな心はずっと前に死んでいた。彼にとって、セックスは互いの欲望を満足させる行為にほかならなかった。精神論や感情論で取り繕うなど、欺瞞《ぎまん》にすぎないと思っていた。

「ねえ、何歳のときだったの？」デヴラが繰り返す。

「ぼくの女性遍歴に興味をそそられたようだね」

デヴラが口をつぐみ、たくましい胸に指を這《は》わせながら含み笑いをして彼を見た。ジャンフランコにとって、彼女が自分の欲望に気づき、それを歓迎している様子を見るのは楽しかった。彼は探るように手をデヴラの下腹部へと滑らせた。すると、彼女はかすれた笑い声をあげ、ジャンフランコの欲望をあおった。

「あなたのいろいろな点に興味をそそられているわ」デヴラは認めた。「早熟なのかと思っていた」

「二十六歳ではなかった」ジャンフランコは腹部に置かれた彼女の手を意識しながら言った。夢想家だった十九歳の自分については考えまいとする。「きみのような女性に恋人がいなかったなんて、考えられないよ」

「ありがとう。あなたって優しいのね」

「優しい？　変なことを言うね。事実を言っているだけなのに。きみは美しい」ジャンフランコは彼女の顎をつかみ、顔を上向かせた。

見返すデヴラの目ははにかんでいるように見えた。キスで腫《は》れた唇を彼が親指でなぞるや、まつげが赤らんだ頬に伏せられた。

ジャンフランコはデヴラのまぶたにそっとキスをした。「とてもきれいで魅力的だ。きみを初めて見たときからそう思っていた」

デヴラのまつげが上がる。目にはいたずらっぽい光が浮かんでいる。「初めてあなたを見たとき、わたしがどう思ったか知りたい？」ジャンフランコが答える前に、彼女はかぶりを振った。「やっぱりきかないで。看護師としてふさわしくないから」

「だが、専門的な技術が欠けているところは、熱意で埋め合わせている」

デヴラは口をとがらせた。「わかっているくせに」体を起こしてベッドの上に座り、彼の胸めがけて枕《まくら》を投げつけた。

ジャンフランコはその攻撃をかわせず、枕は彼の左胸にぶつかって落ちた。ピンクの頂を持つ胸が優しく揺れるさまに気を取られていたからだ。

デヴラの顔から悔しげな表情が消え、ジャンフランコは笑みを浮かべた。それから、すかさず二個目の武器を奪い、彼女をベッドに押し倒した。左手で体を支え、右手を彼女のすばらしいヒップにあてがうと、デヴラは喉の奥から小さな声をもらし、身を震わせた。

「きみには練習が必要だ、それもたっぷり」

「あなたが教えてくれるの？」喜んで教えると彼が答える前に、デヴラは拒絶した。「だめ。何もかも間違っているわ」

「間違っている？」ジャンフランコは欲求不満にさいなまれた。

「患者というのは弱い立場だから」デヴラは真顔で切りだした。「看護をしてくれる人と親しくなることもあるの」彼から視線をそらす。「科学的に立証されている心理よ。人の弱みにつけこむのは卑劣だわ……」

ジャンフランコがデヴラの言葉を理解するのにしばらく時間がかかった。「きみはぼくの弱みにつけこんだと思っているのか？」笑いを噛《か》み殺す。「弱みにつけこんだのはぼくのほうだ。きみはバージンだった。それにきみは担当患者を亡くし、落ちこんでいた」

「わたしは看護師よ。職場には重病人が多いし、患者が亡くなることもよくあるわ」

「だからいつも冷静だというのか？」ジャンフランコは疑わしげな口調で尋ねた。「ぼくはきみを見ていたが、きみは誰に対しても親身になっていた」

デヴラはいぶかしげに彼を見つめた。「悪いことかしら？」

「きみが非番の日にわざわざ訪ねる孤独な老人にとっては悪いことじゃない」

「ミスター・チェンバーズのご家族は海外にいるから――」

「ぼくに弁解する必要はない。ぼくはきみの患者ではないんだから」

「でも、息子さんはそうよ」

「長い期間じゃない」

感染症が治りしだいアルベルトをフィレンツェの病院に移すよう医師から勧められていた。

デヴラはうなずいた。「もうじき帰国するのね」突然、彼女の目に涙があふれた。「まあ」デヴラはばつが悪そうに涙をふいた。「ごめんなさい」

「なぜ泣く？」ジャンフランコは身を起こした。

いつもは女性の涙を見ると、別れるころ合いだと思う。女性の涙は男を操る手管にすぎない。それがこれまでの彼の見方だった。

ところが、いまの彼にはわかりかけていることがあった。過去の愛人たちと違い、この赤毛の女性は手管や駆け引きとは無縁だ、と。

ジャンフランコは、無垢《むく》な子羊さながらの彼女がろくでもない男の手に落ちるさまを想像し、こぶしを握り締めた。

「泣いてなんかいないわ」デヴラは食ってかかった。

「きみが動転している理由を知りたいだけだ」ジャンフランコは心から知りたいと思っている自分に気づき、かすかな不安を覚えた。

これまで女性について個人的に知りたいと思ったことはない。知る必要があったのはブランドの好みくらいだ。彼は愛人には気前よくふるまったが、感情面で手のかかる女性には興味がなかった。

「後悔しているのか？」

「後悔？」デヴラは驚いたようにきき返した。「とんでもない」

ジャンフランコはほっとしながらも、デヴラの奇妙な声音に困惑した。「では、なぜだ？」

デヴラは彼から離れ、背を向けた。ジャンフランコが彼女の肩に手をかけ、引き戻す。

「ぼくを見るんだ」

二人の目が合い、沈黙が落ちた。やがてデヴラは嗚咽をもらしながらベッドから下りた。

赤い髪が絹糸のように肩に広がり、肌は乳白色に輝いている。震えながらたたずむ彼女は、一糸まとわぬ身であることを忘れている様子だった。

ジャンフランコはふと、いま目にしている彼女の姿を生涯忘れないだろうと思った。

「なんとか大人としてふるまおうと思ったのに。だけど、どうしても知りたいというのなら……」

彼女が腕を上げると胸のふくらみが揺れ、ジャンフランコの中に痛いほどの欲望を芽生えさせた。

「泣いたのは、あなたが帰国したら寂しくなるからよ」デヴラはまぶたを固く閉じ、頭を振ってから、目を開けた。そして挑むようなまなざしを彼に注いだ。「どんなにばかげたことを言っているか、どんなに滑稽《こっけい》に見えるか、よくわかっているわ。わたしたちには何一つ共通点なんかないし……」

「寂しいだって？」

デヴラは落ちていた上掛けを拾い、体にしっかり巻きつけた。

「自分が何を言っているのかわからない。今日は大変な日だったから」

患者が亡くなったことを言っているのか、それともバージンを失ったことを指しているのか、ジャンフランコにはわからなかった。彼がベッドを軽くたたくと、デヴラはそこに腰を下ろした。

「一緒に行こう」気づいたときにはジャンフランコはその言葉を口にしていた。なぜそんなことを言いだしたのか、我ながら理解できないままに。

「行くって、どういうこと?」

「ぼくと息子が帰国するとき、一緒にイタリアへ行こう」

「ご親切にありがとう。だけど、もう今年の休暇は使いきってしまったの」

「はっきり言っておくが、ぼくは親切な男ではない。それに休暇をとるよう勧めているわけでもない。きみはきっとイタリアが気に入るよ」

「イタリアに住めと言っているの?」

「そのとおり」

デヴラは笑おうとしたものの、口もとがこわばり、思うに任せなかった。「わたしの仕事はここにあるのよ」

「病院はイタリアにもある」

「イタリア語を話せないし、学ぶのに時間がかかるわ。それに生計を立てる必要だって……」デヴラはそこで言葉を切り、自分の頭を軽くたたいた。「まるでわたしったら、本気で考えているみたい」

「すぐに生計を立てようと考えなくてもいい……ぼくは貧乏ではないからね」

デヴラは身を硬くした。「仕事を辞め、こちらの暮らしを捨てて、あなたの愛人としてイタリアに来いというの？」

「愛人というわけではない」ジャンフランコはあらためてその計画を検討してみた。なかなか都合がいい。だが、デヴラの表情が目に入り、そうでもないと思い直した。

「親密になった代償に男性からお金を受け取る女性をほかになんて呼ぶのかしら？」デヴラは軽蔑《けいべつ》をこめて言った。「これほど侮辱されたのは初めてよ」

デヴラがなぜ怒るのか、ジャンフランコには理解できなかった。「いつぼくが侮辱した？」

いま彼女が嫌悪をこめて拒絶した愛人の地位は、ジャンフランコを取り巻く大勢の女たちが欲してやまないものだった。

「愛人になれというのは侮辱そのものよ」デヴラは唇を噛み締めた。「わたしが男性を当てにするような女に見える？　自立をあきらめる女に。二十六歳までバージンだったからって、ばかにしないで」

「そういうことか。セックスを知って、ほかの男とも試してみたくてたまらないんだな」

どこの誰ともわからない男が彼女を新たな快楽へ導く姿を想像し、ジャンフランコはこめかみに鋭い痛みを感じた。

デヴラは驚きの表情で彼を見つめていたが、ほどなく笑いだした。目に怒りを浮かべ、抑揚のない声で言う。「あなたには欲望を解放してもらったお礼を言わなければならないわね」

「解放と奔放を混同しないようにするんだな」ジャンフランコはいましがたの想像を反芻《はんすう》しながら忠告した。

「わたしをふしだらだと非難しているの？　まあ、おもしろい！　わたしの聞いたところでは、あなたはシャツを替えるように、女性を取っ替え引っ替えするそうね。もしあなたが男でなく、大金持ちでもなかったら、いったいなんて呼ばれるのかしら？」

「なんだって《ディーオ・ミーオ》！」ジャンフランコは腹立たしげに息を吸った。これまでベッドに誘った女性たちから侮辱されたことは一度もない。

「あなたはいつだって自分に嘘《うそ》をついている。おまけに、それを強さだと錯覚しているのよ」

「ずいぶんたくさんの男を知っているようだな……ぼくも含めて」

デヴラは彼をにらみつけた。「二度と会いたくないと思うくらい、あなたのことはよくわかっているわ」彼女は散らかっていた服をつかみ、小走りに部屋を出た。

事態が一変し、ジャンフランコは落胆した。とはいえ、長い目で見ればこれでよかったのだと思い直した。デヴラ・スミスの維持費は高くつきすぎる。

上掛けをはねのけ、ベッドから下りると、レースのひものついたブラジャーが爪先に引っかかった。

一週間後、彼はブラジャーを持ち主に返し、プロポーズをした。

10

リムジンは市街地へ戻り、ジャンフランコがロンドンに持つ屋敷の地下駐車場に滑りこんだ。デヴラは不安がつのり、喉につまった緊張の塊をのみこんだ。

デヴラの隣では、アルベルトがのんきな顔でシートベルトを外している。見せかけでなく心からくつろいでいる様子に、彼女は目を疑う思いだった。

デヴラは眉をひそめた。アルベルトの態度は奇妙だ。ジャンフランコは甘い親だが、度を越した行いには厳しい。そして今回は明らかに度を越している。

父親が激怒することをアルベルトは知っているはずなのに。

リムジンから降り、エドゥアルドが離れたのを見届けてから、デヴラはいちばん気がかりな点について尋ねた。「どうしてこんなまねをしたの？」

アルベルトは、カレーまで乗せてくれたトラックの運転手の複雑でロマンティックな人生など、旅の一部始終はよどみなく話したものの、家出の理由についてはほのめかしもしなかった。

少年は義母を見て肩をすくめた。

その瞬間、デヴラは息をのんだ。黒い眉の少年が彼女に視線を投げる様子が、父親にそっくりだったのだ。

「衝動、かな」ようやくアルベルトが言った。

デヴラはくるりと目をまわし、うめくように言った。「お父さんにはそんなことを言っちゃだめよ」

「父さんのことなら心配しなくていいよ。なんとかできるから」

デヴラは口をあんぐりと開けた。「なんとかできる、ですって」彼女は笑いだした。ジャンフランコを相手になんとかできる者などいない。

「大丈夫だよ、本当に。うまくやるから」

「頭でも打ったの？」無謀な自信は脳震盪《のうしんとう》でも起こしたとしか思えない。「自信と自信過剰は別よ」

少年は笑った。

「アルベルト！　冗談じゃないのよ。家出なんかしちゃいけないって、わかっているでしょう」

「どうして？　デヴラはしたのに」

穏やかにたしなめられ、彼女は髪の生え際まで赤くなった。「それとこれとは別問題よ。

わたしは大人だし……」

「それに結婚しているしね、ぼくと違って」

これでは向こう見ずな行為の弁解をしなければならないのはどっちかわからない。デヴラはすっかり調子がおかしくなった。「きっとお父さんは気が気じゃなかったはずよ」

「デヴラが出ていった夜、父さんは寝室を歩きまわっていたよ。ひと晩じゅう」

「本当？」デヴラは唇を噛《か》んだ。大人げないのはわたしのほうだ。アルベルトは外見だけでなく、精神的な成熟という面でも父親に似ている。「でも、それはわたしとお父さんとの問題よ」声が小さくなる。

「もちろん、大人の問題だよね」

デヴラはうまく乗せられている気がした。アルベルトが父親そっくりの目で無邪気に見返す。

「あなたは十三歳なのよ。あなたがしたことはおそろしく危険なの。何が起こるかわからないのに」デヴラは事の重大さをなんとかわからせようとした。

「でも、起こらなかった」アルベルトは平然として応じた。「だから、いまさらそんな心配をしても無意味じゃないかな」

「たしかにお父さんには近寄りがたいところがあるけれど、問題があるなら、きちんと話をしないとだめよ。驚くほどものわかりがいいから」

「心配いらないよ、デヴラ。ぼくは父さんにはなんでも話せるから。それに、何かあったときにはそばにいてほしい人だしね。デヴラだってそう思うでしょう？」

義理の息子の大人びた物言いに、一瞬デヴラは言葉につまった。「ええ」

「なんだか泣きそうな顔をしているよ。大丈夫？」目の下を押さえるデヴラをアルベルトはいぶかしげに見やった。

「花粉症のせいよ」デヴラはアルベルトの腕をつかんだ。「お父さんにはあなたがしたことを冗談みたいに話しちゃだめよ」

「わかった」

アルベルトはいきなり駆けだした。

デヴラは彼の名を呼び、追いかけた。だが若くて脚の長いアルベルトにはかなわない。古風なポーチのある玄関に着いたのは少年のほうが先だった。

デヴラは優美な石段の下で足を止めた。アルベルトが長身の男性と短く言葉を交わし、ドアを開けて入っていく。

逃げるのよ、と心の中で叫ぶ声がした。だが、デヴラはその場に凍りついたように立ちすくみ、男性が石段を下りてくるのを見守るしかなかった。

「こんにちは、ジャンフランコ」

彼はいつも以上にハンサムに見えた。白い麻のシャツの襟もとから褐色の肌が見え、ジーンズが長い脚を際立たせている。

デヴラは欲望の波に襲われた。

どうしてここにいるのかと尋ねる気にもならなかった。彼の頭脳と決断力、それに無限とも思える財力をもってすれば、不可能なことなどないに等しい。

ジャンフランコはデヴラの一段上で足を止めたものの、挨拶《あいさつ》を返そうとはしなかった。

「アルベルトは反省しているわ」

おもしろがってでもいるかのようにジャンフランコの目がきらめいた。「あの子が自分でそう言ったのか？」

「言葉数は少なかったけれど、でも――」

「いまは息子の話をしたいとは思わない」ジャンフランコは遮った。

「わたしとは、でしょう」

ジャンフランコの口もとがこわばる。

「ばかげた話ね」デヴラの声は妙に高く、震えていた。「結婚したとき、継母《ままはは》になることが心配でたまらなかったわ」ジャンフランコの目の中で何かが光った気がし、彼女は笑った。「思ってもみなかった？　あなたを失望させやしないかとわたしが心配していたなんて、考えもしなかったでしょう」

「きみは失望させなかった」

「させようがなかったわ。育児はあなたが一手に引き受けたんだもの。わたしは愛人になることを拒否したけれど、いまのわたしは愛人と大差ないわ」デヴラは続けた。「あなたの世界に合わせようと一生懸命やってきた。でも、いくら努力しても充分ではなかった」

驚きのせいか、ジャンフランコはひとことも発せず、しばらく沈黙が続いた。

「なぜいままで話してくれなかったんだ？　ぼくはきみが家族の一員になりたいのだと思っていた」

「わたしの言葉を何も聞いていなかったの？　一員になりたかったのよ。なりたいのに、わたしは蚊帳《かや》の外に置かれ、中の様子を見ているだけだった」

彼は心から驚いた様子で応じた。「そんなつもりはまったくなかった」

「あなたがうっかり何かをするなんてありえないわ。いつだってあなたが主役なんだから」

「頼むから、そういう皮肉はやめてくれ。まるで、ぼくが何もかも計画したと言っているように聞こえる」ジャンフランコはきしんだ笑い声をあげ、手で髪をすいた。「きみと会ってからというもの、ぼくは必死だった。ぼくの生活は山火事と同じで、どこへどう燃え広がるかわからなかった」

誰かが安全弁を開いたように、デヴラの中から敵対心が消えていった。わたしたちの言い合いは堂々巡りだわ。彼はわたしを愛していないし、これからも変わらないのに、こんなまねをしても意味がない。

「もういいわ」デヴラは力のない声で言った。「あなたは親としてするべきことをすればいい。わたしはスーのところに戻るから。電話番号は知っているわね」

ジャンフランコの顔に驚きの色が広がった。「きみをこのまま行かせると思っているのか？」

デヴラは肩をすくめた。「もちろんよ」

「何を言っているんだ？　きみはぼくの妻だ」

それは書類上の関係にすぎないわ、とデヴラは思った。ジャンフランコの心の中には一人の妻しかおらず、それはわたしではない。「二日前まではそうだったわ。でも、あなたは、わたしの無事を確かめにも来なかった」

「ぼくはきみのあとを追わなければいけなかったのか？」ジャンフランコは石段をもう一段下り、デヴラの腰をつかんで引き寄せた。そして彼女の顔をまじまじと見て眉をひそめた。「具合が悪そうだ」妻のやつれた様子が目につき、声がかすれる。

「身づくろいをする時間がなかったからよ。アルベルトが心配で美容院どころじゃなかったし」

彼女のそっけない言い方を聞いてジャンフランコは目もとにかすかな笑みをたたえた。しかし、笑みはすぐに消えた。「きみの髪はいつも美しい」

デヴラは夫の腕に抱かれたかった。

ジャンフランコは彼女の頬にかかる髪を指の関節で払った。「肌はとても柔らかい」わきあがった欲望に下腹部が強く反応し、彼は大きく息を吸いこんだ。「ただ……」首をかしげ、美しい顔を探るように見る。「疲れているみたいだ」彼は妻の目の下にできた隈《くま》を親指でなぞった。

夫と同じように強い欲望にとらわれていたデヴラには、言い訳をするエネルギーはなかった。「あまり眠っていないから」

デヴラの睡眠はジャンフランコの男らしい香りのする温かい肌と切っても切れないものになっていた。ソファと寝袋では彼の代わりにはならない。

「ぼくもだ」

夫の言葉にデヴラは息をのんだ。アルベルトが言ったとおりだわ。「あなたも？　どうして？」

「きみに腹を立てていたからだ」

「腹を立てていた？　わたしがいなくて寂しいのかと思ったわ」

願望のこもった自分の口調に、デヴラは自己嫌悪を覚えた。わたしの自尊心はどこにいったの？

「ああ、わたしが間違っていたわ！」彼女はかぶりを振り、自らを責めた。「あなたの愛人になっていたら、こんな複雑な話にはならなかったのに。あなたが望んでいるのはセックスだけなのだから」

「きみに会うまでは複雑ではなかった」デヴラに会って以来、ジャンフランコの人生で単純だったことは一つもない。

「結婚したことを後悔しているのね?」

沈黙が垂れこめた。足もとに穴が開いてわたしをのみこんでくれたらいいのに、とデヴラは思った。

「あんなふうにきみが家を出ていき、ぼくは怒り、心配し、そして……」ジャンフランコの燃えたぎる目がデヴラの探るようなまなざしをとらえた。そして次の瞬間、彼はイタリア語でののしりの言葉を吐き、両手に顔をうずめた。

デヴラにはひどく長い時間に感じられた。やがて夫は静かに両手を下ろし、無精髭《ひげ》の伸びた顎をさすりながら顔を上げた。

ジャンフランコが疲労困憊《こんぱい》していることに、デヴラはようやく気づいた。

それだけではない。顔に浮かぶ緊張感といい、目尻の深いしわといい、地獄の途中まで行って戻ってきたかのようだ。無理もない。息子が突然家出をしたのだから。

その息子と彼は三十秒しか話をしていなかった。

「きみがいなくて寂しかった」

「本当？」デヴラは目を見開いた。二人の視線が絡み合い、すでにひび割れていた彼女の防御壁はたちまち崩れ去った。「わたしもよ、ジャンフランコ」

「いつでもベッドに入ることはできたが、きみのいないベッドはきみのいない家と同じくらい空虚に感じられた」ジャンフランコの声は震え、熱を帯びていた。

デヴラは声をあげ、夫に飛びついた。自尊心がどうしたというの？　彼の目の中に安堵《あんど》の色が浮かび、続いて勝ち誇ったような炎が燃えあがったかと思うと、次の瞬間には唇を奪われていた。

彼の腕に抱き締められた瞬間、もはや自尊心などどうでもよくなった。

「離してくれないか。もうどこにも行かないから」ようやく二人が離れたとき、ジャンフランコが言った。

そこで初めて、デヴラは彼のシャツをしっかりとつかんでいたことに気づいた。「シャツを台なしにしちゃったわ」

「脱げばいい」

デヴラもそのアイデアに不満はなかった。

「ただし、人目のない場所でね」彼は続けた。

デヴラは、通行人からまる見えのところで情熱的な抱擁を交わしていたことに気づき、顔を赤らめた。

ジャンフランコは困惑する彼女を見て笑い、腕を取って中へ入ろうとした。しかし、デヴラはかぶりを振り、あとずさった。

「まず、子供の件を片づけておかなければ」一瞬、痛みがデヴラの全身を貫いた。もう子供は望まないと心を決めたものの、身を切られるようにつらかった。「よく考えたわ。あなたの言うとおりよ」

ジャンフランコが身をこわばらせ、警戒ぎみにきいた。「子供はいらないのか?」

デヴラは夫から目をそらした。「あなたとアルベルトがいるわ。アルベルトに母親が必要でなくても、友達は必要でしょう?」

「なんだって《ディーオ》!」ジャンフランコは頭を抱え、正気かと言わんばかりの目で妻を見た。それから彼はデヴラの頬に手をあてがい、言葉を継いだ。

「アルベルトに友人はいるが、母親はいない。いや、いなかった、きみが現れるまでは。きみは息子の母親だ」

デヴラの目の端から涙がこぼれ落ちた。

ジャンフランコは妻の涙を指でぬぐった。「子供の件は、本当にそれでいいのか?」

デヴラはうなずいた。「ええ。成功の保証もないまま、治療を受けたくないと思ったから」

何年も前に母親になる夢はあきらめたし、そのときから何も変わっていない。デヴラは自分にそう言い聞かせた。不妊症だという過酷な現実はなんとか受け入れられた。けれど、ジャンフランコのいない人生に耐え抜く自信はない。

「あなたとの結婚生活を続けていきたいの」

「十年、あるいは十五年先になって、ぼくが不妊治療に反対したことを恨まないか？」

「これはわたしが自ら決めたことよ」

デヴラはジャンフランコの見透かすような強烈なまなざしを懸命に受け止めようとした。

「本当にいいんだな？」

この問題を永遠に忘れることができるという思いに、ジャンフランコはほっとしていた。一つたしかなことがあった。それは、デヴラを愛しているかどうかで悩む必要がなくなったことだ。もし愛していたら、彼女にこんな苦しい選択をさせたりはしない。

「ええ」

ジャンフランコは自分がろくでなしになった気分でうなずき、デヴラを家の中へ導いた。

デヴラは、夫が最優先すべきは家出をした息子と向き合うことだと思っていた。だから、彼がアルベルトを翌朝まで部屋に閉じこめ、自分の行動を反省させると言ったときには、心底驚いた。

ジャンフランコは息子の問題より妻との関係修復を優先した。デヴラを寝室まで連れていくと、台なしになったシャツだけではなく、すべての衣類を脱ぎ捨てた。

二人の営みにはこれまでにない激しさと優しさがあった。デヴラは深く感動し、むせび泣いた。

うつ伏せになったジャンフランコの背中をデヴラが撫《な》でているとき、彼が口を開いた。

「まるで列車にはねられたような気分だ」

あおむけになり、デヴラの体に手を伸ばす。

デヴラは彼の胸に頭をのせ、力強い鼓動を感じた。彼がわたしをまったく愛していなかったら、あんなに激しくて優しい行為はできないでしょう?

自分を安心させながら、デヴラは眠りに落ちていった。

11

デヴラが目を覚ましたとき、あたりは暗かった。といっても、トスカーナの丘を包む漆黒の闇《やみ》とは違う。トスカーナにあるジャンフランコの屋敷に住み始めた当初、都会育ちのデヴラは真の闇が怖くてたまらなかった。

ジャンフランコはトスカーナの屋敷と土地に強い愛着を持っていた。しかし不思議なことに、その屋敷を一度は失った父親を彼は少しも恨んでいなかった。それも、ポーカーの賭《かけ》で失ったというのに。

夫からその話を聞いたとき、デヴラは驚いた。実際に会ったファービオ・ブルーニは温厚そうな紳士で、ギャンブルで財産を失う人物にはとても見えなかったからだ。

デヴラがその感想を口にしたとき、ジャンフランコは言った。賭の泥沼にはまりこんだ者は見かけではわからないけれど、銀行口座と破綻《はたん》した家庭を見ればすぐにわかるのだ、と。

「ジャンフランコ……」デヴラは手を伸ばした。だが、彼はいなかった。ベッドにはまだ温かいへこみがあるだけだ。彼女は起きあがり、もう一度、彼の名を呼んだ。

返事があり、バスルームのドアが開いてジャンフランコが姿を現した。

「やあ、眠り姫」

夫が近づいてきた。引き締まった腰にバスタオルを巻き、もう一枚のタオルを肩にかけている。

ベッドの端に座った夫にキスをされるなり、デヴラは物憂げな笑みを浮かべた。「びしょ濡《ぬ》れだわ」しずくの垂れている彼の髪をくしゃくしゃにしながら、顔をしかめてみせる。

「きみは温かい」ジャンフランコは彼女の胸を覆っていた上掛けをはがし、息を吸った。

「うーん……それにいい香りがする」

「何時かしら？」

「夜中の一時半だ」

デヴラは驚いて目を見開いた。「本当？」

タオルで髪をふいていたジャンフランコが、にやりと笑う。「ああ」

「ずいぶん寝ていたのね。どうして起こしてくれなかったの？　みんなにどう思われるかしら？」

「夕食もとらずに深夜まで情熱的な営みにふけっていたと思われるだろうな。実のところ、ぼくも三十分前まで眠りこんでいた」

デヴラは彼の言葉にいくらか慰められ、枕《まくら》にもたれた。「アルベルトはどうしている?」

「あいつなら、天地がひっくり返っても起きやしないよ」

「あの子のことは心配しなくていいわ、ジャンフランコ」家出の件では見かけ以上に心配しているはずだと思い、デヴラは言った。「家出にはきっとそれなりの理由があるのよ」

「そうだな」ジャンフランコはうなずいた。

「あまり厳しくしすぎないで。あの年ごろの男の子がどんなふうか思い出してみて」

「もちろん、思い出せるさ」腕の中の妻の感触も、とジャンフランコは胸の内でつけ加えた。

「ひょっとして」デヴラは考えこむような表情を浮かべた。「試験が近いせいかしら。試験で悩む若者は多いわ。わたしもそうだった」彼女は夫に目をやり、彼には無縁の不安だろうと思った。「あなたのまねは誰にもできないもの。アルベルトは父親と比較されるのが怖くなったんじゃないかしら?」

「どうかな」ジャンフランコは肩をすくめた。「ぼくの学生時代の成績を超えるのは、さして難しくはない。何しろ、そんなものは存在しないのだから」

「どういう意味?」

「試験を受けていないからさ」

「どうして？」

ジャンフランコはうなずき、驚くデヴラをおもしろそうに眺めた。「あと数カ月で最後の試験というとき、学校から追いだされたんだ」

「退学させられたの？」

「あれほど幸運だったことはない」

デヴラは彼の手をつかみ、自分の唇に運んだ。ジャンフランコが鋭く息を吸いこむ。二人の視線が絡み合い、彼の熱い視線がゆっくりとデヴラの唇に下りていった。

頭がくらくらしたものの、デヴラは夫の腕には飛びこまず、シルクの上掛けの中に潜りこんだ。

「どうして退学させられたの？」彼の過去についてきくのは初めてだった。この機会を逃すわけにはいかない。

「きみは小説か映画みたいな話を想像しているんだろうな」ジャンフランコは言い、そっけなく言葉を継いだ。「だが、何もない」枕を取り、頭の後ろにたくしこんでもたれる。

彼の腹部の筋肉が小刻みに動くさまに見とれてしまい、デヴラは慌てて視線をそらした。その葛藤《かっとう》に気づいたジャンフランコの目が楽しげに光る。

「ええ、たしかにあなたはとても魅力的よ」デヴラは腹立たしげに認めた。「でも、いまは何か着てくれたら助かるんだけれど」

ジャンフランコはうれしそうに笑い、眉を上げた。「ぼくに肉体的な問題はない」

「あなたは露出病よ」デヴラは彼の体に気を取られまいとして続けた。「で、なぜ退学になったの？」

「授業料を払えなかったからだ」

「それで退学？　まあ、ひどい」デヴラは目を見開き、我がことのように憤慨した。「冷たいわ」

「いや、学校側はずっと我慢してくれていたんだ。会計係は思いやりのある人で、授業料の支払いが少し遅れているとそっと告げてくれた。いつもは絵や宝石を売って授業料にあてていたんだが」ジャンフランコはさりげなく肩をすくめた。

「それも尽きたのね」

「そんなに悲しげな顔をしないでくれ、いとしい人《カーラ》。学校はぼくによくしてくれた。だが、学校教育はぼくに合っていなかったんだ、あまりにも……」彼は広い肩を再びすくめた。

「閉鎖的だからね。退学したあと、一カ月もたたないうちにインターネット関連の会社を始め、株価が最高だった時期に会社を売った。あとは知ってのとおりだ」

「お父さまが屋敷にいらっしゃって我が物顔にふるまっても、あなたは気にならないの？」ジャンフランコは屋敷と土地を取り戻すために、とてつもない大金を払ったのだ。

「傷口に塩を塗るようなまねをしても無意味だ。それに、父は改心したようだからね」

「寛大なのね。お父さまがあなたやお母さまにしたことを考えると」

「誰だって弱さを持っている」

「あなたでも?」

「ぼくでも」

「信じられないわ」

「ぼくの弱点はいまにもぼくの肩に触れそうな赤毛の魔女だ」そう、ぼくはすっかり彼女の魅力のとりこになってしまった。内心ジャンフランコは自嘲《じちょう》した。

デヴラは目を丸くした。「褒めているの?」

ジャンフランコは首にかけていたタオルを投げ捨てた。「それはどうかわからないが、事実だ。ところで、一緒にベッドの中で温まってもいいかな?」

デヴラは恥ずかしげに彼に目をやり、上掛けの端をめくった。「ええ、温めてあげるわ」

次にデヴラが目を覚ましたとき、あたりは明るくなっていた。ベッドの傍らはからっぽで、冷たかった。彼女は肘をついて上体を起こし、夫の名を呼ぼうとした。そのとき、わきのテーブルに置かれた時計が目に入った。もう昼食の時間だ。

デヴラはベッドから下りて額の髪を払い、シャワーを浴びにバスルームへ行った。それから急いで身なりを整え、階下に向かった。

起こしてくれたらいいのに。デヴラは階下のキッチンで夫を見つけ、その思いを訴えた。

「起こそうとしたさ」ジャンフランコはデニムに覆われた彼女のヒップに左手を添え、右手で頬にかかった髪を払った。「キスをして起こそうとしたが、きみは寝返りを打って猫のように丸まってしまったんだ」

「たいしたキスじゃなかったということね」デヴラは夫にもたれかかり、ため息をついた。

ジャンフランコはセクシーな笑みを見せるや、両手で彼女の顔を包んでキスをした。

デヴラは震える手で腫《は》れた唇をなぞり、熱い吐息をもらした。「これだったら目を覚ましていたわ」

「だが、ぼくは電話をかけなければならなかった」

デヴラは目をむいた。「あなたはベッドでゆっくりする暇がないのね」

毎日、ジャンフランコは小鳥のさえずりとともに起きた。しかも、短時間の睡眠でも平気だった。彼がいつまでもベッドにいたのは、新婚旅行でコルシカ島の別荘に出かけたときだけだ。二人は寝室の四柱式ベッドから出ようとしなかった。

その折、観光に出かけようとデヴラが提案したことがあった。ジャンフランコは床から天井まである窓を開け、波の音で部屋を満たしてから、当惑したようにデヴラを見た。

〝どうして？〟

〝みんなに島のことをきかれたら、なんて答えていいかわからないでしょう？〟

〝良心的なガイドブックを教えてあげればいい〟

〝ふざけないで。まじめに言っているのよ〟

〝ばかばかしい。これはぼくたちの新婚旅行なんだ。気のきく人ならそんな質問はしない〟

そのとき、現実の彼が声をかけてきたので、デヴラの物思いは断ち切られた。

「何を考えているんだ？　そんな遠くを見るような目をして」

「遠くに行っていたの」デヴラは答えた。「コルシカ島に」

ジャンフランコの瞳の色が濃くなった。「その気になるようなせりふを言われたら、ぼくがベッドにとどまることを知っているだろう？」彼女の頬から巻き毛を払う。「さあ、言ってごらん」

デヴラは不妊治療の予約を思い出し、夫から目をそらした。「そうしたいけれど、用事があるから」

ジャンフランコはなんとか失望を抑え、手を離した。「どこかへ行くのか？」

デヴラはテーブルの上のポットからコーヒーをつぐために身を乗りだし、髪で顔を隠すようにした。「歯医者よ。つめ物が取れてしまって」

練習した嘘《うそ》はいかにも不自然に聞こえ、デヴラはすぐに見抜かれるのではないかと思った。

だが、彼女の予想に反し、ジャンフランコは気遣わしげな表情を浮かべた。「どうして言わなかったんだ？　痛むのか？」

「少し染みるだけよ」デヴラは後ろめたくなった。

「ちょっと待っていてくれ。一緒に行くから」

「いいの」デヴラは顔に笑みを張りつけた。「それより、この機会にアルベルトとちゃんと話をしたほうがいいわ」デヴラは声を落とし、朝食用のテーブルについているアルベルトのほうに視線を向けた。

少年は軽くうなずき、ヘッドフォンの音楽に合わせて頭を振っていた。

「家出の理由がわからないままでしょう」デヴラは心から気にかけていた。「それに、あなたと二人だけのほうが彼も話しやすいかもしれないし」彼女は視線を落とした。「アルベルトはわたしの干渉を怒っているのかもしれないわ」

「きみが干渉しても、あの子は怒ったりしない」ジャンフランコは妻の顔を見つめた。「デヴラ、きみはこの家族の立派な一員だ。息子とぼくを二人きりにするために席を外す必要などない」

デヴラは胸がいっぱいになった。きのうの彼の言葉は口先だけのものではなかったのだ。彼に嘘をついたことがつらくてたまらない。

明日からはジャンフランコとの間に決して秘密をつくらない、とデヴラは心に誓った。

デヴラが臨床試験の治療を受けないことに決めたと話す間、医師はじっと耳を傾けていた。

「本当のところ、ミセス・ブルーニ、あなたはこの試験治療の候補者ではありません」

医師の言葉にデヴラはショックを受けた。「つまり、わたしが妊娠する可能性はまったくないということですか？」

なんという皮肉だろう。あれこれ思い悩んだのは、いったいなんのためだったの？

デヴラは肩を落とした。ほっとしたのか、がっかりしたのかわからない。たぶん両方だろう。

「ミセス・ブルーニ、あなたはすでに妊娠なさっています」

12

デヴラは椅子に座らされているのがわかった。手にはいつの間にか水の入ったグラスを持っている。

ようやく耳鳴りがおさまり、医師のほうに目を向けた。「取り乱してすみません。でも、妊娠しているとおっしゃったのかと思って」

「そんな気がしませんでしたか?」

「そんな気がするって……」たしかに、急に気分が変わったり、コーヒーが嫌いになったり、胸が敏感になったりした。兆候はあったけれど、気にも留めなかった。「でも、わたしが自然に妊娠するのは奇跡だとおっしゃったのはドクターご自身ですよ。それに、妊娠したら、女性はたいてい自分でわかるものなんでしょう?」かつてデヴラが話を聞いた女性たちは、みなそうだった。

「何カ月目かになるまで気づかない例はよくあります。それに、妊娠という分野では、奇跡はあなたが思っているほどまれな出来事ではないんです」

デヴラは無意識のうちに両手を腹部に当てた。

ここに来たのは母親になる最後の機会を閉ざすためだったのに、妊娠を告げられるなんて。デヴラはかぶりを振った。わたしは夢を見ているの？

「ほかの人の検査結果とお間違えなのでは？」

「いいえ」デヴラの疑わしげな口ぶりに医師は気を悪くするどころか、おもしろがっているように見えた。「あなたはたしかに妊娠しています」

「ああ、大変！」ジャンフランコになんて言えばいいの？　デヴラは焦った。「何カ月ですか？」おなかに命が宿っているとも知らずに、どれくらい歩きまわっていたのだろう？

「十二週くらいですね。超音波で調べれば、もっと正確にわかりますが」

わたしの赤ちゃん……。ようやく喜びがこみあげてきた。「調べていただけますか？」

赤ん坊の姿を自分の目で見れば、さらに実感がわくだろう。「いつ診ていただけます？」

「いますぐにでも」

「お願いします」

医師は笑みを浮かべ、診察室を出ていった。

十数分後、デヴラは画面に見入っていた。

「本当に赤ちゃんがいるんですね」涙で濡《ぬ》れた顔を手の甲でぬぐう。「奇跡だわ。この子は大丈夫ですか？　悪いところとかは？」

「まったく問題ありません。大きさからすると、十四週ですね」

「いろいろお尋ねしないといけないのでしょうが」デヴラは首を左右に振った。「何からきいていいかわからなくて。思ってもみなかったものですから」

医師はほほ笑み、デヴラにティッシュペーパーを手渡した。「なんでもきいてください。落ち着かれたら、今度はご主人と一緒に来られたらいい。ご主人もそうなさりたいでしょう」

とんでもない。デヴラは苦痛のあまり息が止まりそうだった。「ご親切にありがとうございます」

クリニックを出たデヴラは、遠まわりして公園の中を歩いた。頭は混乱し、心は幸福と不安のはざまで揺れている。

まだ信じられない。

ついさきほどまで、子供のことはあきらめ、不妊治療はやめると決めていた。続ければ結婚生活は破綻《はたん》する。

ジャンフランコの子供が欲しいし、ジャンフランコも欲しい。けれども、両方を手に入れることは許されない。デヴラはベンチに腰を下ろし、両手に顔をうずめた。

顔を上げたとき、青白い顔には断固たる表情が浮かんでいた。なぜ両方手に入れてはいけないの？　ジャンフランコが反対したのは治療による妊娠に前向きになれなかったからよ。彼には息子がいるし、子供の扱いがとても上手だ。わたしたちの子供にとってもすばらしい父親になるだろう。

ところが、ジャンフランコの顔を思い浮かべたとたん、これ以上子供はいらないと言ったときの彼の顔が脳裏によみがえった。

デヴラは唇を嚙《か》み締め、その顔を追い払った。あのときはあのとき、いまはいま。事情は変わったのだ。彼も変わるべきだ。

物事を悲観的にとらえるのはやめて、理路整然と考えるのよ、デヴラ。理路整然と！とても簡単そうに聞こえる。彼女は頭を振ってすっきりさせようとした。

ジャンフランコに伝えるなら、慎重に事を運ばなければ。子供はあきらめたと前の晩に言っておきながら、その翌朝に妊娠したと告げるようなまねは絶対に禁物だ。

まずはそれとなくほのめかすのよ。とはいえ、どうほのめかせばいいのだろう？

彼には時間が必要だ。いずれ同意してくれる。

ジャンフランコはとても順応性があるから？

いえ、そうじゃない。デヴラは大きく息を吸い、背筋を伸ばした。

彼もわたしと同じくらい子供を欲しがっているに違いないから。

一週間後、一家はイタリアに戻った。その後の生活はまったく申し分のないものだった。

秘密を除けば。

その秘密はデヴラの頭から片時も離れず、糸でつられた剣さながらに頭上で揺れていた。デヴラはその切っ先から目をそむけ、現実から逃げ続けた。

妊娠したことをジャンフランコに話さなければならない。話すしかないのに、時間だけが過ぎていく。まもなくおなかが目立つようになるだろう。

すでに体は微妙な変化を見せており、デヴラはその変化に魅せられた。彼女にとっては目覚ましい変化なのに、夫が気づかないことが信じられない。彼はブラジャーのサイズが大きくなったと満足そうに認めながら、妻の妊娠には気づかずにいた。

近い将来、通りすがりの乳母車に乗った赤ん坊を見た夫が〝ぼくたちの子供がいれば、人生は完璧《かんぺき》なものになるのに〟と言い、それに対して〝本当はいるのよ〟と答える瞬間が訪れるのを、デヴラは待ち望んでいた。しかし、そんなことはデヴラの空想の中でしか起こらなかった。

もしかしたらわたしの考えすぎなのかもしれない。デヴラはそう思うときもあった。妊娠という現実を目の当たりにしたら、彼の気持ちが大きく変わることもありうる。子供の存在を受け入れ、感動するかもしれない。

けれど、そうならない可能性もある。

覚悟を決めなければいけないのにそれができず、彼がどう反応するか考えるたび、デヴラの背筋を冷たいものが走り抜けた。

いずれにせよ、話すしかない。その結果、どうなろうとも、後ろめたい思いを抱えて毎日を暮らすよりはましだろう。とにかく、いまより悪くなるとは思えない。夫に嫌われ、結婚生活が破綻するような羽目には決してならない。

妊娠について話してくれたときのケイトの顔を、デヴラは鮮明に覚えていた。

〝わたし、自分が母性的だなんて思ったことは一度もなかったの。だから、こんな気持ちになるなんて意外だったわ。アンジェロに話したら、彼、泣いたのよ……赤ちゃんがわたしたちをいっそう親密にしてくれたの〟

この世はなんと不公平なのだろう！

妊娠したと愛する男性に打ち明けるのは、女性にとって人生で最高の瞬間であるはずなのに。

午前中を子供のためのホスピスで過ごしたデヴラは、世の中が公平ではないという事実を再びいやというほど思い知らされていた。同時に、その理不尽に立ち向かう人たちの強さも。

ホスピスで子供たちやその親と過ごすと、自分自身が抱えている問題や自らの人生をあらためて見つめ直すことができる。

こういった施設を初めて訪れる人は、ホスピスを気の滅入《めい》る場所だと思いこんでいる。そして、勇敢な子供たちや親たちに出会い、生きる勇気を与えられたと顔を輝かせる。デヴラもその日は新たな希望を胸に宿してホスピスを出た。この数週間で初めて気持ちがすっきりしていた。

今夜こそ、ジャンフランコに話そう。デヴラは心に決めて車に乗りこんだ。

駐車場から車を出そうとしたとき、ホスピスで働いている修道女が微笑を浮かべて窓をたたいた。

デヴラはすぐに窓を開けた。「何かご用ですか、シスター？」けさの会議で最優先の議題だった在宅看護の件に違いない。

「ちょっと個人的な用件でお話ししたくて」

デヴラはほほ笑んだ。「ええ、どうぞ」

エンジンを切ろうとすると、小柄なシスターは窓から手を伸ばし、デヴラの手を軽くたたいた。

「いいえ、お引き止めするつもりはありません。ただ、ひとことお祝いを申しあげたくて」

デヴラは困惑し、軽く首を横に振った。「ごめんなさい。わたしには――」

「きっとすてきなお母さんになられますわ」シスターは遮るように言った。「おなかにすばらしいお子さんがいらっしゃるのですね。もうご存じでしょうけれど」

デヴラはびっくりしてシスターを見つめた。無意識のうちに手がおなかに動く。「どうして……わかったんです？」

「いえ、まだ目立ってはいませんよ」シスターは穏やかな口調で答えた。「わたしの母も同じでした。お医者さまよりも早く気づくんです。ちょっとした遺伝みたいなものでしょう」

「そうかもしれませんね。ありがとう。でも、夫にはまだ――」

シスターが唇に指を当て、目配せをする。「内緒なんですね」

デヴラはあいまいな笑みを浮かべた。「では、また」

シスターに指摘されたことで、デヴラはいっそう決意を固めた。早くジャンフランコに話さなければ。もしも何かの拍子に、彼がほかの人から伝え聞いたら……。そう思うと、デヴラはぞっとした。

ジャンフランコはいつでも真正面から問題に取り組む。なぜデヴラがすぐに話さなかったのか、彼には理解できないだろう。

今夜は慈善夕食会だ。今夜のうちに話さないと、決意が揺らぎかねない。そうよ、絶対に今夜しかないわ。バックミラーの中で手を振っている修道女を見ながらデヴラは思った。

カルラとの昼食の約束がなければ、このままジャンフランコのオフィスへまっすぐに行くところだ。しかし家に帰ってきてから、カルラとの約束をすでに二度も延期している。

家……。フィレンツェの家ほど我が家だと感じる場所はない。とはいえ、ジャンフランコのいるところならどこでも我が家になるのだろう。

おなかの子のためなら、闘う価値はある。妊娠が喜ぶべき出来事だと気づかせるために彼の頭を棍棒《こんぼう》でたたく必要があるとしたら、いくらでもたたいてみせる。

デヴラがレストランに到着したとき、カルラはすでに席についてミネラルウォーターを飲んでいた。

「遅れてごめんなさい」

カルラが立ちあがり、デヴラの頬にキスをした。このところ、においに敏感になっていたデヴラは、強い香水の香りをかいで吐き気を催した。

「今日もすてきね」カルラはデヴラを見て言った。

デヴラも腰を下ろし、ミネラルウォーターを注文した。

「それに履きやすそうな靴だわ。ああ、わたしも体に合わないブランド品はいい加減にやめようかしら。食事の前に一つ言わせてね。あれはばかばかしいうわさにすぎないとみんなに言っておいたから」

デヴラはメニューを置いた。「ばかばかしいうわさって？」

「あなたが留守にしていたとき、うわさ話があったけれど、わたしは――」

「うわさ話？」デヴラは驚いた。ちょっと出かけただけでゴシップの種になるとは思いもしなかった。

「離婚のね。でも、心配しないで、みんなに言っておいたから。どこの夫婦もけんかはするし、ジャンフランコは決して浮気なんかしないからって」

「もちろんよ」

「安心して。こう見えてわたしは口が固いの」

「内緒にするようなことは何もないわ」

「そう言っておいたから」カルラはにこやかにほほ笑み、メニューを見た。「二人がどんなに幸せそうか、見なさいって。サラが亡くなったとき、みんな、ジャンフランコのことをどれだけ心配したか」声を落として言う。「アルベルトがいなかったら、彼はばかげたまねをしていたかもと言う人も……」

「ありえないわ！」デヴラは抗議の声をあげた。ジャンフランコは意気地なしではない。どんなにつらい状況になっても、逃げだしたりはしない。

カルラはデヴラの激しい言葉に当惑し、慌てて同意した。「ええ、あなたの言うとおりよ。ここのロブスターはおいしいでしょうね、きっと」

デヴラは濃厚なソースのかかったロブスターは遠慮し、メニューの中でいちばん軽い料理を選んだ。それでも、食べ終わってすぐ化粧室に駆けこまなければならなかった。

化粧室で顔に水をかけ、鏡で自分の様子をあらためる。薄い化粧はすっかりはげ落ちていた。

完璧な装いのカルラのそばにいると、デヴラはいつも自分がひどくだらしなく感じられる。化粧室から戻ったときはなおさらだった。

デヴラが席に着くなり、カルラが言った。

「あなた、妊娠しているのね？」

わずかの間に二度までも指摘され、デヴラは驚いた。カルラの口調はいやにとげとげしかったが、それを気にかける余裕すらなかった。「ええ」

カルラはこわばった笑みを浮かべた。「おめでとう」

「ありがとう。でも、まだ誰にも言わないでほしいんです」デヴラは釘《くぎ》を刺した。「おおやけにしていないから」

「そうね、妊娠初期にはいろいろあるから。妊娠中のトラブルの多くが――」

デヴラは甲高い声でカルラを遮った。「いいえ、わたしの赤ちゃんは元気です」

「もちろんよ」カルラは細い眉を上げた。「何か起こるという意味で言ったんじゃないわ。妊娠初期におおやけにしないのは賢明だと言っているだけ」

「それほどの初期でもありません」

「誰にも言わないわ。ジャンフランコは喜んでいるんでしょうね」

デヴラは後ろめたさに首まで赤くなった。「彼にもまだ話していないんです」

「本当？」

「おかしいと思うでしょうけれど」

「きっとそれなりの理由があるのね」カルラは深紅の唇の間から真っ白な歯を見せてほほ笑んだ。「でも、心配しないで。口が裂けても言わないから」


二時間後、カルラはオープンカフェの椅子に座っていた。通りの向かいにはブルーニ・ビルディングがあり、ジャンフランコがよく出入りする通用口のドアが見えている。ドアが開いて彼が出てきたので、カルラはコンパクトの鏡にちらりと目をやり、満足げにほほ笑んだ。

彼女は道路をまっすぐ突っ切り、路上に止めた車へ向かうジャンフランコにわざとぶつかった。

「失礼、大丈夫ですか？」ジャンフランコはとっさに手を伸ばし、ぶつかってきた女性を支えたものの、相手に気づくや、片方の眉を上げた。「カルラ、ずいぶん急いでいるようだね」

「ちょっと遅れちゃって」デザイナーズ・ブランドの袋の中身が歩道に散らばったのを見て、カルラは舌打ちをした。

「買い物かい？」ジャンフランコはぶっきらぼうにきいた。

カルラの生活には買い物以外、さしてすることはなさそうだ。ほかには美容院かネイルサロンに行くか。あとは人に言えないことか。

デヴラなら、そんな退屈な生活はうんざりだろう。もっとも、ジャンフランコは妻が無理をしすぎるのも心配だった。

デヴラが短期間でホスピスを立ちあげ、軌道に乗せたことを彼は誇りに思っていたが、妻があまりにも多くの仕事を引き受けているのが気になった。

デヴラが依頼を断ったり、他人に任せたりするところを見た覚えがない。人に頼み事をされると、あと先を考えずに引き受けてしまう。本人に忠告しても、真剣に受け止めてはいないようだった。

〝わたしは忙しいのが好きなの。あなたこそ、最後に草の上に寝転んで空を見あげたのはいつ？〟

〝なぜぼくが空を見あげなければいけないんだ？〟

デヴラは笑うのをやめ、肩をすくめた。〝ほらね、あなたこそ忙しさを生きがいにしているじゃない〟

〝ぼくは自分の限界を知っている〟

〝そうかしら？〟

けさはそれで話を終わらせたが、間違いだった。あのときのデヴラは顔が青白く、やつれて見えた。

働きすぎはよくないのに、少しでも目を離すと、デヴラはすぐに無茶をする。となれば、いちばんの解決策は、彼女から目を離さないことだ……。

「大変！」

甲高い声にジャンフランコが我に返ると、歩道にまき散らされた品物をカルラが集めようとしていた。タイトスカートと十センチのヒールのせいで、悪戦苦闘している。

「ぼくが拾うよ」そう言うなりしゃがみこんだジャンフランコが最初に手にしたのはベビー用のカバーオールだった。

カルラは声をたてて笑い、彼の手からそれをもぎ取った。「デヴラが包みを開けたとき、知らん顔をしなくちゃだめよ」スカートを払いながら立ちあがり、小さなカバーオールを掲げる。「デヴラは気に入ってくれるかしら？」そして、ふと思いついたように言い添えた。「まだ買っていないわよね？」

ジャンフランコは自信たっぷりに答えた。「百パーセント、買っていないね」

カルラはほっとした顔でため息をついた。「これを買うとき、赤ちゃんにカシミアは実用的かしらって悩んだわ。でも、買わずにいられなくて。うさぎの耳がとてもかわいいでしょう」ジャンフランコの凍りついたような顔を目にし、また笑う。「ごめんなさい、しゃべりすぎね」

ジャンフランコは品物をすべて袋に入れ、立ちあがった。

「ありがとう」カルラは袋を受け取り、呆然《ぼうぜん》と立っている彼の頬にキスをした。「わくわくしているでしょうね」彼女はもう一度キスをしてから、向かい側のカフェに向かって歩いていった。

13

何かの間違いだ。

デヴラは子供ができない体なのに、どうしてカルラは妻が妊娠しているなどと思ったのだろう？

だが、そういえば、このところ顔色は悪いし、疲れた表情やしぐさが目につく。朝早くバスルームにこもっていることも多い。

なんてことだ《ディーオ・ミーオ》！　ジャンフランコは息を深く吸い、車に乗りこんだ。


デヴラはピンクのレースで縁取りをしたブラジャーと、おそろいのショーツを身につけた。淡い緑色のイヴニングドレスをベッドの上に置き、化粧台の前に座る。ドレスの身ごろは細身の彼女にぴったりで、スカート部分は緩やかな曲線を描いていた。

ピアスに手を伸ばしたとき、首につけたおそろいのダイヤモンドのネックレスが輝いた。イタリアに戻った直後にジャンフランコが贈ってくれたもので、今夜、身につけてほしいと言われていた。

ピアスをつけたデヴラは、そのすばらしい効果に笑みを浮かべた。しかし、笑みはすぐに消えた。慈善夕食会が終わったあと、荷物をまとめて出ていくように言われるかもしれない。いいえ、責任感の強い彼は、言いたくても言えないに違いない。そうなると、かえって事態は悪くなる。

彼に話してしまったら、もうロマンティックな空想にふけるわけにはいかない。厄介な現実が待ち受けているばかりだ。

ジャンフランコの反応を想像するたびに、デヴラは気分が悪くなった。彼が感じるのは怒りと嫌悪だけだろう。

唯一の望みは、いつの日か夫が妊娠の事実を喜んでくれることだった。

きっとそうなると自分に言い聞かせていたとき、鏡の端で何かが動き、デヴラは振り返った。

長身のジャンフランコがドア枠にもたれていた。その顔は、もう二度と何かを喜ぶことはないと語っているように見える。デヴラは一瞬で悟った。

「知っているのね」

ジャンフランコは大きく息を吸ってから体を起こした。「本当なんだな?」

「どうして知って――」

彼はさっと頭を振った。「そんなことはどうでもいい」

「座って」デヴラは頼んだ。「これでは話すこともできない――」

「話す！」ジャンフランコはうんざりした口調で遮った。「話をするころ合いはとっくに過ぎている」

「話さなければいけないことはわかっていたわ」

「何をだ？　嘘《うそ》八百をか？」

デヴラは敵意に満ちた夫の口調にひるんだ。「あなたに嘘をついたことはないわ。歯医者の予約以外は」

ジャンフランコは驚いたように妻を見た。「歯医者の予約？」

「アルベルトを連れて戻った次の日よ」

彼の顔から血の気が引いた。「そのときに知ったのか？」

デヴラはうなずいた。「そうよ。考えてもみて、わたしがどんなにショックを受けたか。予想もしなかったことだし……」

「きみがどんなにショックを受けたか？　いい加減にしてくれ！　子供はできないとさんざん聞かされてきた、ぼくの気持ちはどうなるんだ？　ほかにどれだけ嘘をついてきたことやら」

「そんな！」デヴラの胸に怒りがこみあげた。どうして夫にはこれがすばらしい出来事だとわからないの？「あなたが思っているような陰謀とかずるい計画とかじゃないのよ。自然に妊娠する可能性はないに等しいとドクターから言われていたの！　そう信じていたわ」

「奇跡的な妊娠というわけか」

彼の冷笑に、デヴラは激怒した。「わたしに関するかぎり、そうよ」

誇りに満ちた答えを聞き、ジャンフランコは一瞬たじろいだ。「その子が欲しいのか？」

「わたしたちの子供よ」デヴラは穏やかに訂正した。

「それは、ぼくの勝手にはさせないという意味かい？」

デヴラは夫の言わんとすることに気づき、顔から血の気が引いた。「中絶しろと言っているの？」

今度はジャンフランコがショックを受けた。しかし、デヴラは怒りのあまり気づかなかった。

「違う！　もちろんぼくは――」

「子供を失っても、涙の一粒も流さないでしょうね。なんて身勝手な人なの。どうしていままでわからなかったのかしら」

ジャンフランコは彼女の非難に対し、ただじっとにらみ返した。

「冗談じゃないわ。わたしには何一つ恥じるところはないのに」デヴラはきっぱりと言い、ネックレスを外そうとした。「ああ、外れない！」大声でわめき、白い肌が赤くなるまで引っ張る。

「やめろ、けがをするぞ」ジャンフランコは妻の両手を喉から引きはがした。

　夫の手が喉をかすめると、デヴラは欲望を刺激され、屈辱感に打ちのめされた。

「ほら」ジャンフランコがネックレスを外し、デヴラの手のひらにのせる。

「たまたま妊娠したのよ。念のために言っておくけれど、精子バンクを襲ったんじゃないわ！」デヴラは震える唇を噛《か》み締め、顔をそむけた。「そのほうがあなたはよかったみたいだけれど！」

「子供は産めないと言っていたはずだ」妊娠できると知っていれば、避妊を講じたのに、とジャンフランコは胸の内でつぶやいた。

「そう言われていたのよ」デヴラは歯を食いしばり、言い返した。「それとも、卑劣な動機のためにわたしが病歴をでっちあげたと思っているの？　意図してこうなったわけじゃないわ。でも、わたしは喜んでいるの」彼女は続けた。「あなたは笑うかもしれないけれど、これは奇跡よ。あなたがどう思おうと、わたしはうれしいわ」

　デヴラは声を殺して泣きだした。

　ジャンフランコはどうしていいかわからず、泣いている彼女をただ見ていた。デヴラの非難が胸をえぐる。きみは誤解していると言いたかったが、言えば、自らがいだく自責の念と恐怖について話さなければならなくなる。

ぼくにとって妊娠と幸福が別ものであることを、どうしたら説明できるだろう？　ジャンフランコは途方に暮れた。妊娠は病気や危険と分かちがたく結びついている。その恐怖からデヴラを遠ざけておきたかった。「すまない、デヴラ。きみの望みどおりの反応ができなくて」

デヴラは涙でいっぱいの目を彼の顔に向けた。気持ちが萎《な》え、話すことさえ難儀した。

「わたしたちの赤ちゃんなのよ」手でおなかを押さえながら言う。

ジャンフランコはうなずいた。「わかっている」

「そうは見えないわ」

「とにかく、最善の方法を考えよう」もしデヴラに何かあったら、生きていけない。彼女を心から愛している……どうしてこれほど長い間、愛していないふりができたのだろう？

「方法なんかないわ。何があってもわたしは産むんだから。生まれてきた子供に、実は父親は子供を望んでいなかったなんて悟らせたりしたら、絶対許さないから」

夕食会のあと、帰宅して書斎に入ったジャンフランコは、ブランデーをグラスについだものの、すぐさま鉢植えに捨てた。

ぼくの父は、賭《か》け事《ごと》で借金をつくっては酒におぼれた。なのに、どうしてこんなときに酒を飲む？　酒で神経を麻痺《まひ》させるなど、あってはならない。

すばらしい妻、心から愛せる妻のいる事実に感謝するべきなのだ。

妊娠と出産にかかわるあらゆる悪夢を想像しながら何もせずに心配だけしていることもできるし、デヴラと赤ん坊の安全をよりたしかなものにすることもできる。

その方策を考えているとき、デヴラがノックもせずに入ってきた。裾《すそ》の長いナイトドレスが照明のせいで透けて見える。

デヴラはテーブルに置かれたブランデーの瓶を目にしてきいた。「飲んだの？」

「いや。飲もうと思ったが、気が変わった」

「今夜は寝室に来ないつもり？」

「歓迎してもらえるのかな？」

デヴラは視線をそらし、肩をすくめた。

「明日、住みこみの看護師を手配する。医師も変える。アンジェロが最高の医師を知っているだろう」

「その必要はないわ」けれどあなたには必要なのね、とデヴラは思った。専門家の手にわたしをゆだねることで、距離をおけるから。

デヴラは深い悲しみに包まれた。

14

「デヴラ！」

ジャンフランコが呼ぶと、玄関ホールから大理石の床を歩くヒールの音が聞こえてきた。彼は首をかしげた。妊娠九カ月に入ったデヴラは足がむくみ始め、家では靴を履かないようにしている。

足のむくみにジャンフランコは不安になったが、医師は大丈夫だと請け合った。〝奥さまは妊娠依存症ではありません。むくみだけなら大丈夫です〟と。

「ジャンフランコ！」

妻ではなくカルラが居間に現れたのを見て、ジャンフランコは思わず失望を顔に出した。

「きみか」ジャンフランコの視線はカルラの背後に注がれた。「デヴラはどこだ？」

カルラは左手を自分の胸に、右手を彼の腕に置いた。「ごめんなさい、ジャンフランコ……」

大げさなカルラのしぐさは彼をいらだたせただけだった。

「残念ながら、また出ていってしまったわ」

残念？　ぼくが追いかけてつかまえたら、デヴラはさぞかし残念がるだろう。いや、顎を突きだし、さも不愉快そうな表情を浮かべ、ぼくをにらみつけるか。あるいはいかにも弱々しい目で見つめ、ぼくをろくでなしのような気分にさせるかもしれない。

いずれにしろ、キスをしたくてたまらなくなるに違いない。この数カ月間キスをしていないので、まるで消耗戦のように疲弊していた。遠からず爆発して燃えつきてしまいそうだ。

いったいいつになったらデヴラはぼくを許してくれるのだろう？　いつまでよそよそしい態度をとり続けるのだろう？

それに、嵐《あらし》が近づいているというのに、身重の体でどこをうろついているんだ？

「どこへ行った？」カルラが体を寄せてきたので、ジャンフランコは鼻にしわを寄せた。デヴラはもっとほのかな香りの香水をつけている。思い出すと痛いほどの欲望を覚え、欲求不満に胃がよじれた。デヴラ――その名を無性に呼んでみたくなることがあった。

カルラがさっと手を引いたことも、彼をにらみつけている目つきも、ジャンフランコの眼中にはなかった。手で額をぬぐい、窓辺に歩み寄る。長い私道沿いの並木が風に揺れていた。

この丘陵地帯では、夏の嵐はことのほか激しい。デヴラにとっては初めての体験になると思い、彼は午後の会議をキャンセルしてまっすぐ帰宅したのだ。

「いつ戻ると言っていた？」ジャンフランコはシャツの袖口《そでぐち》を折り、腕時計に目をやった。

十分以内に帰ってこないのなら、連れ戻しに行こう。

「飲み物を用意するわ」カルラがなだめるように言い、これ見よがしに腰を振りながら戸棚に近づく。

「必要ない」ジャンフランコはカルラがグラスを二つ出すのを見てそっけなく断った。

「妻がいつ戻ってくるのか知りたい」

「彼女は戻ってこないわ」

ジャンフランコは眉を寄せてカルラを見すえ、どなりつけた。「デヴラはどこに行った？」

カルラは顔からあいまいな笑みを消し、思わずあとずさった。彼の目に浮かんでいる怒りは妻ではなくカルラに向けられている。こんなはずではなかったのに、と彼女は落胆した。「いま言おうとしたところよ」乾いた唇に舌を走らせる。「彼女は出ていったわ」そして、わたしはあなたを慰めようと思ってここにいるのよ。カルラは心の中で語りかけた。

ジャンフランコはカルラを見つめ、それから微笑を浮かべた。

見こみ違いだったのかしら、とカルラは初めて思った。相手は慰めが必要な男性には見えなかった。むしろ、欲しいものを手にするためにどんな苦労もいとわない強い男性に見える。カルラもようやく悟り始めていた。彼はすでに自分の欲しいものが何かを知っている、そして、それを取り戻すためならどんなことでもするだろう、と。

「嘘《うそ》をついているな」

カルラの顔から血の気が引くのを見ても、ジャンフランコは同情しなかった。デヴラは彼に黙って出ていったりしない。もし黙って去ったとしたら、それが誰のせいかは明らかだ。ぼくは自分を偽るのをやめ、デヴラに真実を伝えるべきだったのだ。

ぼくには必要な女性がいる。彼女なしに生きていくなんて、耐えがたい。

デヴラを愛している。魂が生まれながらに誰かを求めているとしたら、彼の魂はデヴラを求めていた。これまでずっと軽蔑《けいべつ》し続けてきた愛情というものが自らの胸に宿っていることは、もはや否定のしようがなかった。

ジャンフランコの心はいまや彼のものではなく、デヴラのものだった。

「ぼくにわからないのは、なぜそんな嘘をつくかだ。だが、それもじきにわかる」ジャンフランコは静かに言った。「きみがここを去るまでには。念のため言っておくが、これは脅迫だ」

カルラは見知らぬ者を見るような目で彼を見た。化粧の下の顔はすっかり青ざめ、喉もとの真珠のネックレスをそわそわと引っ張っている。「動転しているのね、ジャンフランコ」

ジャンフランコは彼女を締めあげて何もかも白状させたいという衝動に駆られた。「きみが嘘をつき続けるなら、もっと動転するだろうな」

「嘘なんかついていないわ。前にもデヴラは家を出たじゃない」カルラは甲高い声で言い返した。「また出ていってもおかしくないわ。起こるべくして起こったことよ。長い目で見れば、こうなるのがいちばんいいはず。彼女はわたしたちの一員にはなれないんだから」にんまりと唇の端を上げる。「ねえ、ジャンフランコ、あなたの女性の趣味はひどいわ。最初はバーのホステスで、今度はこれだもの。予定どおりわたしと結婚していたら、どんなに人生が違っていたか」

「予定どおり？」

「わたしが二十歳《はたち》のとき、あなたはわたしと結婚したいと言ったでしょう」

ジャンフランコは記憶の糸をたぐり寄せた。「ぼくは十六歳だった」あのときのたわいない冗談を真に受けているなら、カルラは酒で脳の神経を侵されているか、妄想癖でもあるのだろう。

「そして、とてもハンサムだった。そんな目で見ないで。わかっているのよ。あなたのような男性には夫を高く評価してくれる妻が必要なの。批判するのではなく、夫を支える妻が」

カルラの話を聞くうち、ジャンフランコは恐怖に胃が引きつるのを感じた。身重の妻が行方不明で、それにはこの頭がおかしい女が関係しているのだ。

「ぼくの言うことなら何もかも賛成する女性ということか?」彼の声が荒々しくなる。「そんな女性は五分で飽きてしまう。ほかのどんな女性と愛し合うより、妻とけんかをするほうがましだ」

カルラはかぶりを振った。「あなたは彼女を愛していない。愛せるはずがない」

「ぼくの妻だったら、きみに教えるだろうね。ぼくに何かをするなと言えば、すぐにもぼくは実行に移すことを。きみがどんな幻想をいだいてきたのか知らないし、知りたくもない。胃があまり強くないものでね」

彼の残酷な言葉にカルラは息をのんだ。

「ぼくにとっては、妻を無事に連れ戻すことが何よりも大事なんだ」

「赤ん坊があなたの子だとどうしてわかるの?」

口にしたとたん、カルラは言いすぎたと気づいた。ジャンフランコが近づいてくるのを見て、首を振りながらあとずさる。

「妻に何をした?」

「何もしていないわ。わたしが着いたときには、出かけようとしていたのよ」

ジャンフランコは足を止めた。「どこへ?」

「あなたとアルベルトがキャンプをしているという山へ。あなたは嵐が来るとは知らないだろうし、携帯電話は通じないとアルベルトから聞いたって」

「キャンプだって？　何週間も前にキャンセルしたのに」

毎年、ジャンフランコは親子のきずなを深めるためにアルベルトとキャンプを張っていた。しかし、その時期が出産予定日の一カ月ほど前になると気づいて、今年は取りやめにしたのだ。

出産が早まったときのために、週末からは在宅勤務にしたこともデヴラには話していなかった。

カルラは不機嫌そうに口を突きだした。「あなたがそこにいると思いこんでいる様子だったわ。それに、わたしに対してとても失礼な態度をとったわ」

「だから、止めようとしなかったのか？」とがめながらも、もしデヴラとおなかの子に何かあったら、自分の責任だと、ジャンフランコは自覚していた。

この数週間、ぼくは自分を欺き続け、妻とはほとんど口をきかなかった。もし口をきけば、〝愛している〟と言わずにいられない。それがわかっていたからだ。

ジャンフランコは頭を振って気を取り直した。いまは、反省するよりデヴラを見つけるほうが先決だ。彼女は山小屋の場所を知らないが、そこに通じる道は知っている。

結婚して間もないころ、車で通り過ぎたことがあった。デヴラがのんびりしていたせいで夕食の約束に遅れ、彼は猛スピードで車を走らせていた。彼女に急ぐ気がないのか、それともぼくを怒らせるためにわざとやっているのか、といらだたしげに考えながら。

〝近道すればいいじゃない〟

〝近道？〟彼は前方を見たままきいた。

〝あれよ〟通りかかった未舗装の山道を示す。

〝あの道はどこにも通じていない。ぼくがキャンプで使っている小屋で行き止まりだ。それに雨のときは崖崩《がけくず》れが起こりやすい。四輪駆動以外の車であの道を行くのは愚か者だけだ〟

〝あなたもその一人かしら？　早くお墓に入りたいなら、あの道はすばらしい近道になるわ〟

〝ぼくの運転が下手だと言っているのか？　参考までに言っておくと、ぼくの運転の腕は……〟目が合い、デヴラの目が楽しげに光るのを見て、ジャンフランコは口を閉じた。

〝運転が下手だなんて、男の人には言えないわ。わたしのことを無事に目的地に着きたがっている神経質な乗客と思ってちょうだい〟

妻のおしゃべりには答えず、彼は速度を落とした。

間違いなくデヴラはあの道に向かっている。ジャンフランコの血が恐怖に凍りついた。

「なんてことだ《マードレ・ディ・ディーオ》、あの道を行くなんて」ジャンフランコはつぶやき、カルラに視線を向けた。「ぼくが戻ってくるまでに姿を消したほうが身のためだぞ」彼はこの言葉を信じるだけの分別がカルラにあることを願った。「デヴラの身に何かあったら、ぼくはきみに何をするかわからないからな」

未舗装の道の途中まで来たところで、落石のためデヴラのハッチバックはどうにも前へ進めなくなった。彼女はシートベルトを外しながら思い出していた。ジャンフランコがこの道の危険性について説明してくれ、四輪駆動車でなければ無理だと言っていたことを。二キロほど手前で思い出していれば、役に立ったかもしれない。だがそのころは、ジャンフランコが彼女の助けを必要としているという思いで頭がいっぱいで、夢中で車を走らせていた。

デヴラはダッシュボードに肘をつき、雨がたたきつけるフロントガラスに鼻をつけんばかりにして、道をふさぐ石の山を眺めた。

ジャンフランコは一つ間違っていた。たとえ四輪駆動車でもここは通り抜けられない。自転車か、あるいは徒歩で行こうとする無謀な人間なら、なんとかなるかもしれないが。

悪かったのはデヴラの計画ではなく、タイミングだ。雨が降り始める前に着いていれば、少しスリルのあるドライブをする程度ですんだだろう。

ところが雨は降りだし、すぐにはやみそうもなかった。選択肢はかぎられている。車の中で待つか、山小屋を見つけるか。

小屋までどれくらいかかるのだろう？

デヴラはエンジンを切り、臆病《おくびょう》になってはいけないと自分に言い聞かせた。ちょっとした霧雨くらいどうということはない。

もっとも、〝ちょっとした〟というのは正確な表現ではなかった。霧雨でなくなってから十五分はたち、いまでは大粒の雨が車を打ち続けている。

さっきまではいい考えに思えたことが、いまはどうしてそう思えたのかもわからなくなっていた。とはいえ、川を半分まで泳いできた人と同じく、戻るより進むほうがやさしく思えた。

それとも、じっとしているべきかしら？　そうすれば濡《ぬ》れずにすむし、安全だ。しかし、それも巨岩が崖を滑り落ち、小さな乗用車を押しつぶすまでのことだ。

そんな悲惨な光景が脳裏に浮かび、デヴラは大きなおなかが許すかぎりのすばやさで車から出た。

ドアを閉めたときには、早くもずぶ濡れになっていた。風が強く、ドアを閉めるのに手間どったせいだ。デヴラは頭を下げ、歯を食いしばって、よろよろと歩いたが、十分ほどたったところで、次の一歩を踏みだすことができなくなった。

道がない。右手の地面は急に高くなり、左手は谷で、めまいがするほど急激に落ちこんでいる。前方にはこれまでと同じような地面が続いているものの、雑草に覆われていた。

息をつき、顔をぬぐって、前方に目を凝らす。遠くで雷が鳴り、デヴラは飛びあがった。「すばらしいわ！　望むところよ」デヴラは鉛色の空に向かって叫び、涙と恐怖を押し戻そうとした。

胸の奥に潜んでいる氷の塊のような恐怖を認めるわけにはいかない。いったん認めたら、パニックに陥ってしまうだろう。

「役立たず。鼻風邪をひいた臆病者の猟犬並みじゃないの」デヴラは自分の無能ぶりをののしりながらも、考えを巡らせた。

ジャンフランコとアルベルトが危険だなんて、まったくたいした直感だわ。自分の思いこみにあきれ、かぶりを振る。わたしは何をするつもりだったのかしら？　ジャンフランコなら、どんな事態にでも対処できるのに。

おそらく二人は山小屋の暖炉の前に陣取り、外の荒れ狂う天気など気にも留めていないだろう。それともブルーニ家の男らしく、本格的な嵐の到来をむしろ心待ちにしているかしら？

ああ、わたしも一緒にいられたら。デヴラは深く息を吸い、大声で自分を戒めた。「いじけていたら、二人を見つけることなど不可能よ、デヴラ」

その声が聞こえたかのように、胎児が彼女のおなかを蹴《け》った。

あなたも怖いもの知らずの血を引き継ぐの？　デヴラは思わずおなかに手を当てた。

自責の念に襲われ、彼女は顔をこわばらせた。本当に助かるのかしら？　こんなふうに我が子の命を危険にさらすなんて、いったいどういう母親なの？

やがて、デヴラの顔に断固たる決意が浮かんだ。

「わたしのせいでこんな羽目に陥ったのだから、わたしの責任でここから抜けだすのよ」

彼女はあたりを見渡した。

15

落石で立ち往生し、乗り捨てられたハッチバックを、ジャンフランコはようやく見つけた。

内部を入念に調べると、バッグと薄手のジャケットが後部座席にあり、イグニション・キーは差したままだ。だが、けがをしたような痕跡《こんせき》は見当たらない。彼はほっと息を吐きだした。

キーを抜いた。最初に妻に贈ったキーではない。ジャンフランコは別の車を贈るつもりだった。一瞬、彼の険しい顔に悲しげな笑みが浮かんだ。

彼が最初に選んだのは人気のある高級車で、長い順番待ちのリストができていたが、妻に最良の車を贈るために、なんとかリストのトップに入れてもらった。彼は大いに満足した。

ところが、デヴラはさほど感激もせず、新車のまわりを歩きながら言葉を探していた。

〝とてもすてき。色もきれいだわ〟

〝気に入らないのか?〟期待していた喜びの声を聞けず、ジャンフランコは傷ついた。

〝本当にきれいな車ね〟デヴラは慌てて言った。

〝でも?〟覚悟しておくべきだった、とジャンフランコは悔やんだ。デヴラは高級車やブランド品に心を動かされたりしないのだ。

〝ただ、わたし向きじゃないから……傷でもつけたらと思うと心配で〟デヴラは身を震わせた。〝わたしには中古の小型車がお似合いだわ〟

〝ぼくの妻に中古の小型車など運転させるつもりはない〟

とはいえ、ジャンフランコはいつものように譲歩し、その結果がこのハッチバックだった。これからは二度と譲歩などするものか。デヴラをぼくの目の届かないところにやるつもりもない。

半分ふさがった山道を歩きだしたとき、嵐《あらし》はピークに達していた。こんな状態の山中にデヴラが一人でいると思うと、ジャンフランコは胸が張り裂けそうだった。デヴラときたら、いったい何をしてくれるんだ? 見つけたら……もし見つけたら……。

ジャンフランコは歯を食いしばり、谷底に横たわるデヴラの姿を頭から追いだした。ばかげた想像力を働かせている場合ではない。

きっと元気な彼女を見つけてみせる。そしてぼくをこんな目に遭わせたのだから、ぐうの音も出ないほど懲らしめてやる。

十分後、ジャンフランコは元気で生きている妻を見つけた。もっとも懲らしめる時間はなかった。彼女は干あがった川床を歩いていた。彼は後ろから近づき、風のうなりに負けじと大声で妻の名を呼んだ。

デヴラは不意に背後から聞こえてきた呼びかけに驚き、慌てて逃げようとしたものの、すぐに相手がジャンフランコだと気づいた。そのとたん体から力が抜け、泣きながら夫の名を何度も呼んだ。

ジャンフランコが全身を震わせて泣くデヴラを抱き締めると、彼女は彼の肩に顔をうずめた。それからたくましい首にしっかりと腕を巻きつけた。そのため、ジャンフランコはしばらく息もできなかった。

彼は目を閉じ、デヴラの髪の香りを吸いこんだ。安堵《あんど》と歓喜でめまいがした。この数分間、デヴラのことを考え続け、彼女のいない人生など意味がないと思い知らされた。

自分にとってデヴラがどんなに大事かを伝えたい。その言葉が喉まで出かかったとき、デヴラが涙で濡《ぬ》れた青白い顔を上げた。

愛する人を失うところだったと思うなり恐怖がよみがえって、ジャンフランコは思わずどなりつけていた。「まったく、きみと出会ってからというもの、片時も心の休まる暇がない。ばかなまねをするのもいい加減にしてくれ」

デヴラの目に傷ついたような色が浮かび、次に怒りが浮かんだ。「あなたを助けようとしたのよ。アルベルトと山小屋に行くと言っていたでしょう」さらにつけ加える。「あなたがアルベルトを学校まで直接迎えに行ったと思ったの。急げば、嵐が来る前に追いついて知らせることができると――」

「そしてきみは車に飛び乗り、ぼくたちを助けようとした」これほど勇敢な女性がいるだろうかと思いながらも、ジャンフランコは続けた。「きみは妊娠九カ月の身なんだぞ」

デヴラはばつが悪くなって顔を赤らめた。「とにかく嵐がくることを知らせなくちゃと思って」

「きみはいつも使用人が多すぎると文句をつけていたじゃないか。誰かに頼むとか、救急隊に連絡するとか考えなかったのか?」

「動転してしまって」デヴラは涙をこらえようと目をしばたたいた。「アルベルトは大丈夫なの?」

「元気だ。キャンプには行っていない。数週間前に取りやめたんだ」

デヴラは夫が息子と過ごすキャンプをいかに大切にしているか知っていた。それを取りやめたのだから、よほど重要な用事があったのだろう。その重要な用事をわたしは台なしにしてしまったのだ。

デヴラは謝ろうとして思い直した。感情が高ぶっているので、軽率なことを口にしかねない。

何か言おうとして彼女の唇が震えたのを見て、ジャンフランコは、キスをしたくてたまらなくなった。しかし、すでにかなりの時間を無駄にしていた。

丘陵地帯で雨が降ると、干あがった川床がどれほど危険になるか、彼は知り抜いていた。迷いこんだ家畜が鉄砲水に流されるのを見たこともある。

「何をするの？」いきなり抱きあげられ、デヴラは金切り声をあげた。

「鉄砲水を見たことがあるか？」ジャンフランコは大きな岩が風を遮っている安全な場所に彼女を下ろした。「ぼくはある」

デヴラは川床に視線を向けた。「少し大げさじゃない？」神経質な笑い声をあげる。「雨はもうさほど降っていないわ」

「大げさだって！」ジャンフランコはどなり、こぶしで岩をたたいた。それから目を閉じて大きく息を吸い、天を仰いだ。

そんな夫にデヴラは畏敬《いけい》の念を覚えた。雨に濡れた黒髪が頭にへばりつき、褐色の肌をしずくが流れ落ちている。それでも、彼の顔は古代ローマの彫像さながらに完璧《かんぺき》で、生命力に満ちあふれていた。彼が発散する男らしい生気に空気がぱちぱちと音をたてそうだった。

「きみはいつも、最後に決定的なことを言わないと気がすまないんだな」

非難がましい夫の目を見ていられず、デヴラは顔を伏せた。彼が怒るのも無理はない。

はずだ。少し頭のおかしい身重の妻を追って嵐の山にいるより、もっとほかにしたいことがあった

「どうしてわたしがここにいるとわかったの？」

「家にいたカルラから聞いた」

「彼女、心配していた？」

ジャンフランコは奇妙な笑い声をあげた。「まあね。それにしても、きみの顔……」初めてデヴラの頬にひっかき傷があることに気づき、彼は悪態をついた。よく見えるようにと彼女の顔の角度を変える。傷が浅いとわかると、ほっとして手を離した。「この傷はどうしたんだ？」

「どの傷？」手を離してほしくなかった。夫に触れられただけで不安がやわらぐ。彼女は自分の顔に手を当て、傷を探った。「気づかなかったわ」

ジャンフランコは両手を妻の肩に置き、顔をのぞきこんだ。「ほかに痛むところはないか？」優しい口調ながら、声はかすれ、震えている。

彼の手は徐々にデヴラの体へと下がっていった。けががないか確かめるために。しかし、デヴラが感じたのはまったく場違いの欲望だった。夫とは何週間もベッドをともにしていない。

「いいえ、大丈夫よ」

「大丈夫なものか。木の葉のように震えている」

あなたに触れられたから震えているのに。デヴラは肩をすくめた。ジャンフランコがジャケットを脱ぎ、彼女の肩にかける。

「あなたが風邪をひいてしまうわ」

デヴラの言葉を聞き流し、ジャンフランコはジャケットの襟を彼女の顎の下で合わせた。

「ぼくは大丈夫だ」

彼の長い指がデヴラの頬に触れる。

「わたしをとんでもない愚か者だと思っているでしょうね」

沈黙が垂れこめ、デヴラは彼から視線を引きはがそうとしたものの、できなかった。

ジャンフランコの彫りの深い顔が緊張にこわばった。「いや、愚か者はぼくのほうだ」

少し前のジャンフランコなら、恋などばかげた感情だとさげすんだだろう。しかしいまは、恋に落ちたことが自分の人生でいちばん幸福な出来事のように思えた。

デヴラは顔を殴られたかのようなショックを受けた。彼の言葉は後悔を意味している。彼が結婚を悔やんでいるとはっきり口にしたのはこれが初めてだ。

「いつまでもここにいてはまずい」彼は雨雲に覆われた空に目を凝らした。「避難しよう」

「わたしを運ぶのは無理よ！」

ジャンフランコは有無を言わさずデヴラを抱きあげた。「きみは歩ける体じゃない」

「でも、重いでしょう」

「鍛えている」

「もちろん知っているわ」

「わたしもほかの女性たちも！」デヴラは胸の内でつけ加えた。「しばらくシャツを着ていないあなたを見ていないけれど、相変わらず贅肉《ぜいにく》はひとかけらもないんでしょうね」その声は我ながら悲しげに聞こえた。

山小屋には五分ほどで着いた。小屋はひと部屋しかなく、一方に石組の暖炉が切られ、反対側にベッドがある。あとは木のテーブルと椅子が二脚あるのみだ。

ジャンフランコは椅子を一つつかんで暖炉の前に置き、デヴラに座るよう促した。「あまり快適とは言えないが、少なくとも体を乾かせる」

デヴラは背中の痛みが去るのを待ち、慎重に腰を下ろした。なぜ背中が痛むのか、努めて考えないようにした。赤ん坊は清潔で安全な病院で産むものだ。

「嵐は長く続くかしら？」
「わからない」

ジャンフランコは暖炉のわきにある木の箱を開け、マッチと乾いた焚《た》きつけを取りだした。

「でも、すぐには暗くならないでしょう？」

お産は自然なことだし、自宅での出産も増えている。もっとも、たいていの家には電話と水道の設備があるけれど。予定日はまだ一カ月先だ。痛みがあるたびに陣痛だと騒いだら、最後の一カ月は毎日病院に駆けこむ羽目になる。

ジャンフランコはいぶかしげな視線を肩越しに投げてから、暖炉の前に膝をついた。「暗闇《くらやみ》が怖いのか？　きみは怖いもの知らずと思っていたよ」

デヴラは彼の賞賛を皮肉と受け取った。怒りがこみあげ、思わず立ちあがる。「怖いもの知らずどころか……」声が震える。「何もかも怖いわ」

差し当たり、水道もなく医師もいない山小屋で出産することが怖かった。夫への怒りは現れたときと同じくたちまち消え、デヴラは疲れたように額に手をやり、腰を下ろした。

「きみはぼくを怖がっていない」ジャンフランコは、面と向かって〝あなたは間違っている〟と忠告してくれる勇気ある人間を求めていた。だが、そんな人間はデヴラを除いていなかった。「出会ってからずっと、きみはぼくに身のほどを思い知らせようとしてきた」

デヴラは感情的になりすぎたと気づき、目を伏せた。「たいして成功していないわ」

「それは、ぼくの身のほどをきみがどう思っているかによる」一年前なら、自分の居場所は愛する女性の心の中だと言う男がいたら、ジャンフランコは笑い飛ばしただろう。ところがいま、言葉に窮したことのない彼が、自分の居場所がどこかを言おうとして、適切な言葉を探しあぐねていた。「心配するな、どこかに懐中電灯がある」

「懐中電灯！」デヴラは苦々しげに夫の言葉を繰り返した。「どうして早く言ってくれなかったの？ すばらしいわ。これで問題解決ね」口にしたとたん、彼女は後悔した。おびえる気持ちをごまかそうとして言ったにせよ、これでは単なる皮肉だ。デヴラはあらためて言った。「大変な迷惑をかけてごめんなさい」

ジャンフランコがゆっくりと振り向いた。デヴラには彼の表情も、熱く燃えるまなざしも理解できなかった。暖炉にくべようと夫が手に持っていた枝が折れる。

「迷惑をかけた？」

これまでにデヴラが聞いた覚えのない声音だった。謝るのが遅すぎた、と彼女はほぞを噛《か》んだ。「あなたをこんなところで足止めさせ、迷惑をかけたことはわかっているわ。謝ってすむ問題じゃないこともわかっている……本当にごめんなさい」

ジャンフランコは眉間《みけん》をもんだ。デヴラがぼくに謝っている……なんてことだ《マードレ・ディ・ディーオ》！ 彼はかぶりを振り、目を閉じて無精髭《ひげ》をこすった。

沈黙が続いた。聞こえるのは窓を打つ雨音と暖炉ではぜる薪《まき》の音だけだ。

「本当にごめんなさい」

繰り返し謝るデヴラの悲しげな声に、ジャンフランコはようやくまぶたを上げた。「きみがけがをしてぼくの助けを必要としているんじゃないか、もっと悪い状況になっているかもしれない。そう思うと生きた心地がしなかった」悪夢を払うように手で目をぬぐう。

「きみを無事に連れ戻すためなら、喜んでぼくの魂を差しだすつもりでいた」彼はデヴラのおなかに手を当てた。「きみと、ぼくたちの子供を連れ戻すためなら」

デヴラは夢見るような目でジャンフランコの手を見つめた。耳の中で血液が音をたてて流れ、心臓が胸を割って飛びだしそうなほど激しく打っている。夫の言葉が信じられず、彼女は首を左右に振った。

どうして彼はこんなことを言っているの？　わたしと暮らしたせいで、頭がおかしくなったのかもしれない。

何かばかなことを言う前に、よく考えなさい。デヴラは自戒した。彼は愛人が欲しかったのに、手に入れたのは望んでもいない妻と子供だったのよ。

デヴラはおなかに置かれた褐色の手に視線を落とした。濡れた服の上から大きな手のぬくもりを感じる。喉がつまり、熱い涙に目がちくちくした。

このままずっとこうしていられたら、わたしは二度と恐怖を感じないだろう。もし少しでも動いたら、完璧な瞬間は消え、思い出しか残らない。

「あなたは子供が欲しくないはずよ」デヴラは彼に思い出させようとした。「アルベルトのお母さんを裏切っているように感じるんでしょう？」

ジャンフランコの目に驚きの色が浮かんだ。「サラに対する気持ちは、ぼくがきみに感じているものとはまったく違う」

デヴラはなんとかほほ笑んだが、心の中ではすすり泣いていた。「ええ、わかっているわ。あなたの最愛の人と張り合おうなんて思っていない」

ジャンフランコは信じられないと言わんばかりに笑い声をあげた。「きみにはいつも驚かされるよ、いとしい人《カーラ》」かぶりを振って続ける。「一人で考えだしたことか？　それとも、誰かにほのめかされたのかな、たぶんカルラから？」

デヴラはカルラを弁護しなければいけない気がした。「彼女からは特別な話は聞いていないわ。そして、あなたはつらすぎて言えなかったのね」

「きみは何もわかっていない」

夫の強い口調にデヴラは感情的になった。「わたしには崇高な感情など理解できないとでも？」

「ぼくがサラのことや彼女との結婚について話さないのは、過ちをほじくり返すのがいやだったからだ。誰だってそんなまねはしたくないし、それにアルベルトの気持ちも考えると……」

「過ち？」一瞬デヴラは聞き間違えたのかと思った。

「アルベルトのことじゃない」ジャンフランコは慌てて言った。「サラの望みどおりにしていたら、息子は生まれていなかったが」

「彼女は子供が欲しくなかったの？」デヴラは信じられない気持ちで尋ねた。

「中絶をせず、ぼくと結婚するよう、サラを必死に説き伏せた」ジャンフランコは顔をそむけた。「だから彼女の死はぼくの責任だと言っていい」

「何を言っているの？」デヴラは彼の肩に触れた。そのとたん、手の下の筋肉がこわばるのを感じた。

「サラは妊娠中に糖尿病になった。医者は出産すれば治ると言った」

「治らなかったの？」

「一日に二度の注射が必要な体になった。サラは注射をいやがり、最初はなかなか容態が安定しなかった。それでも、やがて元気になっていった。そんな矢先、買い物中に低血糖症の発作に襲われたんだ。まわりの人たちは彼女が酔っ払っていると思った。症状が似ているから。誰かが病気だと気づいたときはもう手遅れで、救急車の中で息を引き取った」

感情を抑えたジャンフランコの淡々とした口調がいっそうつらく、デヴラの目に涙があふれた。「でも、あなたのせいじゃないわ」

ジャンフランコは立ちあがり、デヴラの傍らにある木の椅子に腰を下ろした。「十九歳で最初の会社を設立したころ、サラと出会った。ぼくはロマンティックな理想と持て余すほどの活力に満ちていた」彼の顔がゆがむ。「当時のぼくは情熱家で、好んで思索にふけり、詩を書いていた」まるで不道徳な過去を告白するような口調だった。

「あなたが詩を？　すてきな詩だった？」

「吐き気がするほどね。ぼくはどうしようもなく退屈な若者だった。しかしサラはいい子で、美人で、人生の意味よりセックスに興味があった。ぼくより彼女のほうがずっと利口だった」淡々と説明を続ける。「サラはぼくを変わり者だと思っていたようだ。ぼくが大金を稼いでいなかったら、ぼくとは結婚しなかっただろう。彼女が強欲な性格だと言っているわけではない。ただ……豪勢な暮らしにあこがれていた」

「彼女を愛していたのね」

ジャンフランコの口もとに冷笑が浮かんだ。「愛するという言葉の意味を知っている十九歳もいるかもしれないが、ぼくはそうではなかった。つい最近まで愛を知らなかった……」

デヴラは信じられないと言わんばかりに目を大きく見開いた。「だって、わたしを愛していないのに……」

「なぜそんなふうに思うんだ?」ジャンフランコはかすれた声で尋ねた。「自分の感情を認めようとしなかったときでさえ、きみを愛していた。事実、初対面のときから、ぼくはきみを束縛しようとした」

ジャンフランコはデヴラの手を取り、二度と離さないと言いたげに強く握り締めた。

「いつの日か、ぼくを許してほしい……自分では許せないが。何もかも恐怖のせいだ。サラは妊娠したせいで死んだ。もしきみを失ったら……」

彼の陰鬱《いんうつ》なまなざしがデヴラの心臓を貫いた。

「わたしを失ったりしないわ」デヴラは請け合った。

「もし失ったら……」ジャンフランコは目を閉じ、身を震わせた。「きみを目にした瞬間から、ぼくは望んでいない感情をいだくようになった。臆病《おくびょう》者のぼくには、それが愛情だと認める勇気がなかった。いまは違う。きみは、ぼくの生涯の伴侶《はんりょ》だ」

デヴラの頬を涙が伝い落ちた。彼女は両手でジャンフランコの顔を包み、キスをした。

「あなたはわたしたちのベッドから出ていったわね」まだ衝撃が覚めやらぬまま、泣き笑いをしながら責める。

「出ていってほしいときみが望んでいると思ったんだ」ジャンフランコは打ち明けた。

「だから、気をきかせたつもりだった。つらかったよ」

デヴラは思わず笑った。「気をきかせたりしないで。あなたらしくないわ。あなたは傲《ご》慢《まん》で、自分の感情を表に出さないタイプなのよ。でも今日からは、感情表現については考え直さなければいけないかもね」いとしい夫の顔を見つめる彼女の笑みがさらに大きくなった。「あなたは本当にわたしのタイプよ。あなたは……」ふと言葉を切り、不安に目を泳がせる。

「具合が悪いのか?」

「そうじゃないの」

「じゃあ……」

デヴラは彼の手をたたいた。「慌てないでね。でも、たぶん……生まれそう」

ジャンフランコは彼女の頭に優しく手を置いてなだめた。「予定日は一カ月先だ」

「赤ちゃんにそう言って」デヴラはおなかをそっと撫《な》でた。その瞬間、また陣痛が起こり、彼女は顔をしかめた。

ジャンフランコは頭の中が真っ白になり、苦しげな妻を見守るばかりだった。

とりあえず陣痛がおさまったとき、デヴラは体を起こし、心配そうに夫を見た。「大丈夫?」

妻はぼくのことを案じているのか? ジャンフランコは恥ずかしさでいっぱいになり、恐怖を振り払ってデヴラの前に膝をつき、手を取った。「ぼくはおびえているよ。何しろ父親になるんだから」

ジャンフランコが見せたいたずらっぽい笑顔に、デヴラはほっとした。「わたしもよ」

「お産はどれくらい大変なんだろう? みんながやっていることではあるが」

「みんなじゃないわ」デヴラはわざと怒ってみせた。「女だけよ。交替したい?」

ジャンフランコはできるものならそうしたかった。だが、いまは自分にできることをするしかない。だが、小屋を見渡しても、ほとんど何もなかった。

「ぼくが車まで抱いていくのは無理だろうね?」

デヴラはうなずいた。

「わかった。看護師としてのきみの判断を尊重しよう」

「いまのわたしは看護師でも、助産師ではないわ。赤ちゃんを取りあげたことはないの」

「心配するな、大丈夫だ。ぼくだって経験がないわけじゃない」ジャンフランコがインターネットで調べたのはもっぱら異常分娩《ぶんべん》だけだ。その情報が役に立たないことを彼は心から願った。

「赤ん坊を取りあげたことがあるの?」

「馬のね。とはいえ、基本は変わらないはずだ」

デヴラは神経質な笑い声をあげた。それでもいくらかほっとした。「少し歩くほうがいいと思うわ」

ジャンフランコは彼女を立たせ、腕にもたれさせながら、ゆっくりと山小屋の中を歩いた。陣痛が始まるたびに足を止める。

これならなんとかなるかもしれないと思いかけた矢先、彼の耳もとでデヴラが叫び始めた。

ああ、なんてことだ《マードレ・デイ・ディーオ》!

「どうすればいい?」なんであれ、あまり叫んでほしくないと切に願う。とはいえ、それは無理な注文だ。ぼくが妻を支えるしかない。ジャンフランコは励ますようにほほ笑みを浮かべた。

「そこまではまだ勉強していなかったわ。でも、そろそろみたい」つのる恐怖を抑え、デヴラはほほ笑んだ。夫にこれ以上ショックを与えたくなかった。

ジャンフランコはベッドのマットレスを床に下ろし、その上にデヴラを落ち着かせた。古い映画では決まってお湯が用意されていたと思い出し、使えそうな容器を探しだす。

「話すべきことを話しておくわ……いざとなったら指示できなくなるかもしれないから」

「ああ、そうしてくれ」

ジャンフランコは妻の話に耳を傾け、半分ほど理解した。そのときになったらほとんど忘れてしまっているのではないかと案じながら。

「しばらくあなたは休んでいて。そのときに備えてエネルギーをたくわえておいてちょうだい」

しかし、陣痛が続くようになってからは、休んでなどいられなかった。苦しむデヴラを前にして何もできない。その無力感に、ジャンフランコはかつて経験したことがないほどのいらだちを覚えた。

「もう少しだ」ジャンフランコは激しく身をよじるデヴラをなだめた。

彼女の顔に玉のような汗が噴きだし、赤い髪を濡らしている。デヴラはありったけの力で夫の手を握り締めた。

「もうじきだわ」不意にデヴラが言った。「いきまないと」

「本当か？」

「ええ」デヴラは必死にうなずいた。

そこからは想像以上に速かった。赤ん坊の頭が見え、ジャンフランコが驚いて叫び声をあげるより早く、彼の手の中に赤ん坊が滑り落ちてきて、産声をあげた。女の子だった。

「赤ちゃんは元気？」デヴラは大声を出し、上体を起こそうとした。

「何もかも申し分ない」ジャンフランコはあっけに取られたまま、泣きわめく赤ん坊を見つめて息をついた。そしてデヴラにキスをし、湿った額から髪を払った。「きみはすごい……すばらしい」彼はデヴラの胸に赤ん坊をのせた。

初めて我が子を抱いたときのデヴラの顔——驚嘆と母性愛に輝く顔を、ぼくは一生忘れないだろう。ジャンフランコは確信した。


妻と子をどうやってここから運びだそうかと考え始めたとき、ドアが開いた。

救急救命士が現れ、眼前の光景を見てにっこり笑った。「わたしのすることはあまりないようですね」救命士は早口のイタリア語でジャンフランコに状況を説明した。

頭がぼうっとしていたデヴラにはそのやり取りは理解できず、救命士が出ていってから、ジャンフランコが説明してくれた。

「アルベルトが救急隊に連絡してくれたらしい。きみと赤ん坊を病院へ搬送するために、ヘリコプターが待機している」

ジャンフランコが娘の頭の燃えるような巻き毛に優しくキスをすると、デヴラの目に涙があふれた。

デヴラは彼の手を取った。「あなたを置いてはいけないわ」

ジャンフランコはほほ笑んだ。「いや、行くんだ、ぼくのいとしい人《カーラ・ミーア》。またすぐに会えるから。もう決してきみを放さない。きみがぼくの顔に飽き飽きして、ぼくをほうりだすまでは」

「あなたの顔に飽きることなんかないわ」デヴラは愛情あふれる目で夫を見つめた。「愛しているわ。それに、わたしに奇跡を与えてくれてありがとう。あなたがいなかったら、成し遂げられなかった」

「ぼくたちの奇跡だ」ジャンフランコはきっぱりと訂正した。「一つだけ言っておきたい。もしぼくたちにまた奇跡が起こったら……最後の二カ月は病院から一キロ以上離れないでくれ」

「今度は自宅で出産するんじゃないの？」デヴラはからかった。

「きみには決してだめだとは言わない。言えば挑戦しようとするからね。だから、いまのままで満足しているとだけ言っておくよ。今後のことはなんとかなる。きみと家族のことはぼくがなんとかしてみせる」

デヴラは満足げに赤ん坊を胸に引き寄せた。ジャンフランコの計画に不満はない。彼がいるだけで、未来はすばらしいものになるのだから。

エピローグ

ジャンフランコは手で髪をかきあげた。「信じられない！」

「どうやら、トラックが交差点で横転したようです……」運転手が申しわけなさそうに顔をしかめる。

「出発前に確認しなかったのか？」ジャンフランコの怒りが爆発した。「迂回路《うかいろ》はないんだぞ！」

「ジャンフランコ、どなってもなんにもならないわ、彼のせいじゃないんだから。ごめんなさいね、エドゥアルド。気にしないで」

運転手はかすかな笑みを浮かべ、慎重にうなずいた。

ジャンフランコは怒ったままの顔をデヴラに向けた。「心配じゃないのか？」

「どうして？」デヴラは穏やかなまなざしを夫に注いだ。「最高の助産師が一緒だもの。パパはとても上手だったでしょう？」おなかを撫《な》でながら、幼い娘に話しかける。

ヴァレリアは一歳半になっていた。母親の燃えるような髪と、父親の漆黒の瞳を受け継いでいるが、笑顔は彼女独自のものだ。異母兄のアルベルトも父親も幼い天使の言いなりだった。

「この子は医者と申し分のない設備に囲まれた病院で産声をあげるんだ」

「坊やが父親似だったら、自分の好きなところで生まれてくるわ」超音波診断に間違いがなければ、生まれてくるのは男の子だった。

「雷が同じ場所に二度も落ちるなんてありえない」

「同じ場所じゃないわ」デヴラは笑いを押し殺した。「ここはトスカーナの山のてっぺんじゃないもの」

「そうだ、高速道路の追い越し車線だ。といっても山小屋よりましとは言いがたい。ああ、すまない。今度は完璧《かんぺき》なお産にしたかったのに、またこんなことになってしまった」

デヴラは愛情のこもったまなざしで夫を見つめた。「ジャンフランコ、わたしにとって前回は完璧だったわ。あれ以上のお産はないと思っているのよ。お願いだから心配しないで。まだ何時間も家にいてよかったんだから」

デヴラの言葉にジャンフランコは少し落ち着きを取り戻した。「そうだな。でも、どうして前のお産が完璧だったなんて言えるんだ？　ぼくの人生であれほど恐ろしい出来事はなかった。きみとヴァレリアの命がぼくの手の中にあったのだから」

「あなたの手の中にいるのがいちばんよ」デヴラは夫の手を取り、頬にあてがった。「たしかに恐ろしかったわ。だけど、わたしの人生で最高の瞬間でもあったの。愛しているとあなたに言ってもらったし、わたしたちの奇跡の赤ん坊を取りあげてくれたんだもの。それ以上のことってあるかしら？」デヴラは尋ねた。「それにこの子は大丈夫。なぜかそう感じるのよ」彼の手を取り、ふくらんだおなかに運ぶ。

「感じるのか？」

デヴラは笑った。「感じないほうが難しいわね。このストライカーと対面するのが楽しみだわ」

「そしてぼくたちの家族が完成する……三人の子供で充分だ。あまり欲張りたくない」だが、すぐにため息をついて言い添えた。「もっとも、妊娠しているきみはとてもセクシーだった。早くきみをひとり占めしたいよ。いまから楽しみだ」

「車が動きだしたわ」

「ああ、ありがたい！」

ジャンフランコが歓声をあげると、ヴァレリアも小さな手をたたいた。

「悪いけれど、エドゥアルドに引き返すよう伝えてもらったほうがいいかもしれないわ」

「また早とちりかい？」

ジャンフランコが肩を落とす様子を見ながら、デヴラはうなずいた。「ごめんなさい」

「この子はぼくたちがまったく予期していないときに生まれてくる気がするよ。ぼくたちをだまして安心させようとしているんだ」

「あなたって、ときどきばかげたことを言うのね」

四千グラムを超すアントニオが生まれたのは、翌朝の午前二時だった。みんなが今度も早とちりだと決めたあと、大きな泣き声をあげながら生まれ落ちた。

父親の手の中に。

●本書は、2009年1月に小社より刊行された作品を文庫化したものです。

禁じられた言葉
2023年11月1日発行　第1刷

著　者　キム・ローレンス

訳　者　柿原日出子（かきはら　ひでこ）

発行人　鈴木幸辰

発行所　株式会社ハーパーコリンズ・ジャパン
東京都千代田区大手町1-5-1
03-6269-2883（営業）
0570-008091（読者サービス係）

印刷・製本　中央精版印刷株式会社

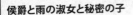

11月10日発売 ハーレクイン・シリーズ 11月20日刊

ハーレクイン・ロマンス　愛の激しさを知る

王の血を引くギリシア富豪　シャロン・ケンドリック／上田なつき 訳

籠の鳥は聖夜に愛され　ナタリー・アンダーソン／松島なお子 訳
《純潔のシンデレラ》

聖なる夜に降る雪は…　キャロル・モーティマー／佐藤利恵 訳
《伝説の名作選》

未来なき情熱　キャサリン・スペンサー／森島小百合 訳
《伝説の名作選》

ハーレクイン・イマージュ　ピュアな思いに満たされる

あなたと私の双子の天使　タラ・T・クイン／神鳥奈穂子 訳

ナニーと聖夜の贈り物　アリスン・ロバーツ／堺谷ますみ 訳
《至福の名作選》

ハーレクイン・マスターピース　世界に愛された作家たち～永久不滅の銘作コレクション～

せつないプレゼント　ベティ・ニールズ／和香ちか子 訳
《ベティ・ニールズ・コレクション》

ハーレクイン・プレゼンツ作家シリーズ別冊　魅惑のテーマが光る極上セレクション

冷たい求婚者　キム・ローレンス／漆原　麗 訳

ハーレクイン・スペシャル・アンソロジー　小さな愛のドラマを花束にして…

疎遠の妻から永遠の妻へ　リンダ・ハワード他／小林令子他 訳
《スター作家傑作選》

ハーレクイン文庫

「天使の誘惑」

ジャクリーン・バード／柊　羊子　訳

レベッカは大富豪ベネディクトと出逢い、婚約して純潔を捧げた直後、彼が亡き弟の失恋の仇討ちのために接近してきたと知って傷心する。だが彼の子を身ごもって…。

「悲しみの館」

ヘレン・ブルックス／駒月雅子　訳

イタリア富豪の御曹司に見初められ結婚した孤児のグレイス。幸せの絶頂で息子を亡くし、さらに夫の浮気が発覚。傷心の中、イギリスへ逃げ帰る。1年後、夫と再会するが…。

「身代わりのシンデレラ」

エマ・ダーシー／柿沼摩耶　訳

自動車事故に遭ったジェニーは、同乗して亡くなった友人と取り違えられ、友人の身内のイタリア大富豪ダンテに連れ去られる。彼の狙いを知らぬまま美しく変身すると…？

「条件つきの結婚」

リン・グレアム／槙　由子　訳

大富豪セザリオの屋敷で働く父が窃盗に関与したと知って赦しを請うたジェシカは、彼から条件つきの結婚を迫られる。「子作りに同意すれば、2年以内に解放してやろう」

「非情なプロポーズ」

キャサリン・スペンサー／春野ひろこ　訳

ステファニーは息子と訪れた避暑地で、10年前に純潔を捧げた元恋人の大富豪マテオと思いがけず再会。実は家族にさえ秘密にしていた——彼が息子の父親であることを！

「ハロー、マイ・ラヴ」

ジェシカ・スティール／田村たつ子　訳

パーティになじめず逃れた寝室で眠り込んだホイットニー。目覚めると隣に肌もあらわな大富豪スローンが！　関係を誤解され婚約破棄となった彼のフィアンセ役を命じられ…。

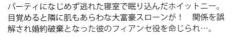

ハーレクイン文庫

「結婚という名の悲劇」
サラ・モーガン／新井ひろみ 訳

3年前フィアはイタリア人実業家サントと一夜を共にし、妊娠した。息子の存在を知った彼の脅しのような求婚は屈辱だったが、フィアは今も彼に惹かれていた。

「涙は真珠のように」
シャロン・サラ／青山 梢 他 訳

癒やしの作家S・サラの豪華短編集！ 記憶障害と白昼夢に悩まされるヒロインとイタリア系刑事ヒーローの純愛と、10年前に引き裂かれた若き恋人たちの再会の物語。

「一夜が結んだ絆」
シャロン・ケンドリック／相原ひろみ 訳

婚約者のイタリア大富豪ダンテと身分差を理由に別れたジャスティナ。再会し、互いにこれが最後と情熱を再燃させたところ、妊娠してしまう。彼に告げずに9カ月が過ぎ…。

「言えない秘密」
スーザン・ネーピア／吉本ミキ 訳

人工授精での出産を条件に余命短い老富豪と結婚したジェニファー。夫の死後現れた、彼のセクシーな息子で精子提供者のレイフに子供を奪われることを恐れる。

「情熱を知った夜」
キム・ローレンス／田村たつ子 訳

地味な秘書ベスは愛しのボスに別の女性へ贈る婚約指輪を取りに行かされる。折しも弟の結婚に反対のテオが、ベスを美女に仕立てて弟の気を引こうと企て…。

「無邪気なシンデレラ」
ダイアナ・パーマー／片桐ゆか 訳

高校卒業後、病の母と幼い妹を養うため働きづめのサッシー。横暴な店長に襲われかけたところを常連客ジョンに救われてときめくが、彼の正体は手の届かぬ大富豪で…。

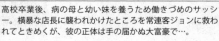